801

T. D. Reda

Unter der Zweigertbrücke

Henselowsky
Boschmann

T. D. Reda war Schüler, Bergmann, wieder Schüler und Student. In harten Zeiten war er Postbote, Lagerarbeiter, Merchandiser, Tourneebegleiter, Nachtportier und Dolmetscher. Schließlich Kommunikationsberater, Öffentlichkeitsarbeiter, Herausgeber und Dozent. Er lebt in stetigem Wechsel zwischen interessant und langweilig, unbeherrscht und cool, beliebt und verhasst, himmelhoch jauchzend und zu Tode betrübt. Er war häufiger feige als tapfer, seltener treu als verlogen und niemals demütig genug, um sagen zu können: Das pack ich nicht! Nach eigenem Bekunden musste er das alles sein, um zu werden, was er heute ist: ein Schriftsteller. Sein Roman »Die Nacht der Wunder« erscheint ebenfalls in der Reihe »801Ruhrgebiet«

Verlag Henselowsky Boschmann
Gerichtsstraße 1, 46236 Bottrop
post@vonneRuhr.de
www.801ruhrgebiet.de
www.vonneRuhr.de
1. Auflage 2010
ISBN 978-3-942094-05-4
Herstellung: Westermann Druck Zwickau GmbH

Umschlaggestaltung: Marlies Bockhorn und Beate Gördes
www.sandwiches.culturebase.org

T. D. Reda

Unter der Zweigertbrücke

Phantastischer Roman aus dem Ruhrgebiet

801 Ruhrgebiet
Die anderen Seiten

»Wo bleiben denn die Touristen aus der Zukunft, wenn Zeitmaschinen möglich sind? Sie sollten uns doch längst besucht haben, um unser drolliges altmodisches Leben neugierig zu betrachten und unsere Streitigkeiten zu beenden.«
Stephen Hawking

Für Christin.
Danke für deine Engelsgeduld mit mir.

Hinweis: Die Handlung dieses Romans ist frei erfunden. Jegliche Ähnlichkeiten mit lebenden oder toten Personen sind ungewollt und wären der reine Zufall. Die Zweigertbrücke gibt es wirklich.

Unter der Zweigertbrücke

Hoch oben im Norden, fast schon in Gelsenkirchen, führt die Zweigertbrücke über den Rhein-Herne-Kanal. An sich ist nichts Besonderes an dieser Brücke. Sie verbindet die Stadtteile Altenessen und Karnap miteinander, überbrückt exakt bei Kilometer 19,323 neben dem Kanal auch die dort parallel verlaufende Emscher und hat vor nicht allzu langer Zeit ein paar schicke neue Bögen in Azurblau bekommen. Den Kilometerstand kenne ich deshalb so genau, weil unter jeder Kanalbrücke ein gelbes Schild hängt, das den Schiffsleuten anzeigt, wie weit sie die künstliche Wasserstraße bereits hinaufgeschippert sind. Für mich sind die Schilder ein perfektes Metermaß für meine abendlichen Spaziergänge am Kanal.

Mit den Spaziergängen habe ich vor einigen Wochen begonnen, weil mein Arzt meinte, ich hätte viel zu wenig Bewegung, weshalb ich mich auch oft so schlapp fühlen würde. Also habe ich mir ein Paar feste Schuhe und einen Spazierstock gekauft, und mit dem eisernen Willen, es bist zur zwei Kilometer westlich gelegenen Autobahnbrücke am Stadthafen zu schaffen, habe ich mich eines schönen Tages auf den Weg gemacht. Zunächst war das Laufen sehr beschwerlich, weil die neuen Schuhe drückten und mir schlicht und ergreifend Beinmuskulatur fehlte, was wiederum dazu führte, dass ich mich mit meinem ganzen Gewicht auf den Stock stützten musste und durch die einseitige

Belastung meine rechte Schulter anfing, Probleme zu machen. Aber schon bald merkte ich, wie meine Beine kräftiger wurden, und nach nur drei Wochen erreichte ich nicht nur aufrecht gehend den Hafen, sondern schaffte es auch in einem Rutsch wieder zurück bis zur Zweigertbrücke.

Es lag nahe, den Weg am Kanal für meine Spaziergänge zu wählen, wohne ich doch schon mein ganzes Leben lang direkt am Karnaper Ende oder – wie die Altenessener es auch gerne nennen – am stinkenden Emscher-Ende der Zweigertbrücke. Es stimmt schon, die Emscher riecht nicht lecker. Aber Leute, die lange Zeit an einer Bahnstrecke wohnen, hören auch nach einer Weile den Lärm der Züge nicht mehr. Mir geht es da genauso. Ich wohne seit über sechzig Jahren an dem Auffangbecken für Scheiße, Pisse, Tampons und alles andere, was das Volk zwischen Dortmund und Duisburg die Toilette runterspült. Der Gestank stört mich nur noch manchmal, wenn das Wetter diesig ist oder bei ungünstigem Wind. An normalen Tagen merk ich da nix mehr.

Das gilt auch für meine Spaziergänge. Der Deich zwischen den beiden Wasserläufen sorgt dafür, dass man die Emscher entlang meiner Strecke nicht mal sehen kann. Ich muss sie nur vorher auf der Zweigertbrücke überqueren, dann führt eine Treppe hinunter zum befestigten Kanal-Ufer, wo ein wunderbar ruhiger und friedlicher Weg angelegt worden ist, gute zwei Meter über dem Wasserspiegel und perfekt geeignet für ärztlich verordnete Bewegung. Auf dem gegenüber liegenden Kanal-Ufer will ich nicht laufen.

Dort ist es mir zu holprig. Ich möchte ja schließlich nicht auf die Schnauze fallen und mir womöglich die Hüfte brechen.

Mittlerweile kenne ich jeden Zentimeter meines Weges. Ich weiß genau, wo leichte Unebenheiten im Boden lauern, wann die nächste Bank kommt, wo sich gerne Pfützen und Matsch bilden und dass ich ziemlich genau fünfundvierzig Minuten von der Zweigertbrücke bei Kilometer 19,323 bis zur Autobahnbrücke bei Kilometer 17,017 brauche. Wenn ich in der Abenddämmerung dort ankomme, habe ich es mir mit der Zeit zur Gewohnheit gemacht, mich auf die letzte Bank vor der Autobahnbrücke zu setzen und zu beobachten, wie die Sonne hinter deren riesigen knallroten Bögen untergeht. Und wenn die Sonne nicht scheint, sitze ich einfach nur so da und glotze eine Weile in der Gegend herum. Als Rentner hat man nicht viel zu tun, und seitdem meine Frau tot ist und die Kinder kaum noch Zeit für ihren alten Herrn finden, werden meine Tage immer länger. Die meisten meiner Freunde und Bekannten sind längst über die Wupper gegangen. Ich brauche nicht mal ein Handy – wer soll mich schon dringend erreichen wollen?

Es gibt also kaum Ausreden, nicht spazieren zu gehen. Bevor ich damit angefangen habe, saß ich den ganzen Tag nur vor der Glotze. Daher wohl auch der Bewegungsmangel samt Muskelschwund. Die einzige Ausrede, die ich gelten lasse, ist das Wetter. Wobei ich aber nur bei Regen auf meinen Spaziergang verzichte. Wenn es zu warm ist, gehe ich halt später und laufe nicht ganz so weit. Wenn es zu kalt ist, trage ich Schal und Handschuhe; einen Hut habe ich sowieso immer auf dem Kopf, wenn ich das Haus verlasse. Was Nässe angeht, bin ich allerdings sehr vorsichtig. Auch wenn es nur leicht nieselt, bleibe ich zu Hause. Sieht es aus, als wenn es zu regnen anfangen könnte, nehme ich immer einen Schirm mit. Zu viele in meinem Bekanntenkreis wurden im Alter von einer Lungenentzündung dahingerafft. So leicht will ich es dem Sensenmann nicht machen.

Trotz aller Vorsichtsmaßnahmen wurde ich eines Abends, es ist noch nicht allzu lange her, von einem ordentlichen Regenschauer überrascht. Das geschah an einem wunderschönen Frühsommerabend Mitte Juno. Der Himmel hing voller Schäfchenwolken, als ich zu Hause losging. Deshalb hatte ich auch keinen Schirm eingesteckt. Das Unheil hatte also leichtes Spiel mit mir.

Wie üblich, saß ich auf meiner Bank in der Nähe des Hafens, als es ohne Vorwarnung zu donnern und blitzen begann und eine Gewitterfront stromaufwärts auf mich zugepeitscht kam. Wer rechnet denn auch schon damit, dass sich von jetzt auf gleich alle Schleusen des Himmels gleichzeitig auftun? Ein monsungeplagter Inder vielleicht, aber wir im Ruhrgebiet doch nicht! Während ich Schutz suchend Richtung Autobahnbrücke hastete, konnte ich auf der Wasseroberfläche des Kanals sehen, dass der Regen, wie aus Kübeln gegossen, von Oberhausen kommend unaufhaltsam auf mich zuplästerte. Über die roten Bögen der Autobahnbrücke schoben sich aufgequollene Wolken zusammen, die das Tageslicht innerhalb von Minuten von Frühlingsblau in ein unwirkliches, geradezu bedrohliches Graubraun färbten. Direkt über meinem Kopf donnerte es so gewaltig, dass ich mit schlotternden Knien noch einen Zahn zulegte.

In allerletzter Sekunde schaffte ich es bis unter die Autobahnbrücke. Der Regen prasselte oben schon auf den Emscherschnellweg. Ich war heilfroh, wenigstens ein Dach über den Kopf zu haben, auch wenn mir unter der Brücke ein strenger Wind ins Gesicht blies und es nach Hundescheiße und vermoderndem Müll roch. Ich mochte gar nicht daran denken, dass ich vielleicht, nass wie ein Pudel, durch den sich abkühlenden Abend hätte laufen müssen. Mit Sicherheit hätte ich mir dabei so eine verdammte Lungenentzündung eingefangen und wäre denselben Weg gegangen wie so viele andere Alte vor mir. Ich schwor mir, so lange unter der Autobahnbrücke zu bleiben, bis der Regen aufhörte. Egal, wie lange es dauern würde. Egal, wie dunkel es bis dahin werden würde. Ich würde warten.

Was ich bei meinem Schwur jedoch nicht bedacht hatte, war das Ansteigen des Wasserspiegels durch die Regenmassen. Denn es war beileibe kein kurzer Schauer, von dem ich da überrascht worden war. Eher ein ausgewachsenes Unwetter. Eines von der Sorte, die einem der Klimawandel ab sofort auch in unseren Breiten häufiger um die Ohren haut.

Nach einer Stunde regnete es immer noch Bindfäden. Nach zwei Stunden nieselte es heftig. Nach drei Stunden begann ich, den stetig steigenden Wasserspiegel skeptisch zu beäugen. Angeblich soll ja auch die Häufigkeit von Tsunamis durch die Erderwärmung zunehmen. Ich glaubte zwar nicht an einen Tsunami auf dem Rhein-Herne-Kanal, sah aber vorsichtshalber in regelmäßigen Abständen nach links und rechts; man konnte ja nie wissen.

Das Schwinden des Tageslichts begann mir ebenfalls Sorgen zu bereiten. Ich kannte den Weg zurück zwar wie meine Westentasche, aber trotzdem: Die Aussicht, über zwei Kilometer entlang des angeschwollenen Kanals durch große Pfützen und tiefen Matsch im Stockdunkel laufen zu müssen, das bereitete mir schon Kopfschmerzen.

Als der Regen endlich aufhörte und ich daran denken konnte, meinen Heimweg anzutreten, herrschte in der Tat eine tiefschwarze, mondlose Nacht. Auch wenn der Wasserspiegel ordentlich an Höhe gewonnen hatte, so blieb er doch glücklicherweise unterhalb des Gehweges.

Vorsichtig stapfte ich los, meinen Oberkörper immer leicht nach links gebeugt und mich dabei mit dem Spazierstock gleichzeitig zur Böschung hin abstützend, so dass ich, sollte ich stolpern, wenigstens nicht ins Wasser fiele. Schon nach wenigen Hundert Schritten tat meine hüftsteife Gangart mit Schlagseite im Kreuz richtig weh. Ich hielt mich bei der Stange, indem ich mir einredete, Rückenschmerzen seien das kleinere Übel, wenn die Alternative lautete, als aufgedunsene Wasserleiche an der Schleuse in Gelsenkirchen angeschwemmt zu werden.

Nur im Schneckentempo kam ich vorwärts. Immerhin begann es nicht erneut zu regnen. Ich versuchte, positiv zu denken und das ganze Malheur, in dem ich steckte, mit Humor zu nehmen. Wenn schon, so ermunterte ich mich, würde ich im Kanal ersaufen und nicht in der Emscher. Irgendwie war der Gedanke tröstlich, obwohl ich bezweifelte, dass einem Ertrinkenden die Wasserqualität wichtig wäre. Aber mit diesem Gedanken im Kopf kämpfte ich mich weiter.

Es fällt mir schwer, die Zeit abzuschätzen, die ich unterwegs war. Mit den Pausen, die ich zwischendurch einlegen musste, dauerte meine Nachtwanderung sicher gute zwei Stunden, bis ich endlich von Weitem die ersten Autoscheinwerfer oben auf der Zweigertbrücke erkennen konnte. Ein beruhigendes Gefühl, diese Lichter in der Ferne zu sehen, besonders, da ich mich gerade auf dem Stück des Weges befand, der nicht befestigt ist. Knöcheltief watete ich durch glitschigen Schlamm und war heilfroh, seinerzeit nicht auf den Cent geguckt zu haben, als ich mir die teuren wasserfesten und atmungsaktiven Wanderschuhe gekauft habe. Mit dem Spazierstock konnte ich mich nicht mehr abstützen, weil er einfach keinen Halt in der leicht abschüssigen Pampe fand. Dafür war der Weg allerdings hier um einiges breiter, so dass die Gefahr, ins Wasser zu fallen, nicht so groß war. Natürlich wollte ich trotzdem kein Schlammbad riskieren, deshalb ließ ich mich nicht von den Lichtern in der Ferne dazu verleiten, weniger Vorsicht walten zu lassen. Allein für die hundert Meter, bis ich wieder befestigten Boden unter den Füßen hatte, brauchte ich eine gefühlte halbe Stunde.

Das letzte Wegstück bis zur Zweigertbrücke ist dann wieder gut ausgebaut, und ich kam zügiger voran. Mir fiel ein Stein vom Herzen, als ich die Treppe zur Brücke hoch erreichte, und ich setzte mich erst einmal erschöpft auf die Stufen. Mein Rücken, besonders die rechte Seite, fühlte sich an, als hätte mich ein Ochse getreten. Ich atmete flach, um den Schmerz im Zaum zu halten.

Plötzlich hörte ich über mir Stimmen. Ich erstarrte. Ich traute mich nicht, auch nur mit einer Wimper zu zucken. Jetzt vernahm ich schlurfende Schritte. Dann wieder Stimmen. Eindeutig Männerstimmen. Sie konnten nicht von der Brücke oben kommen, dazu waren sie zu deutlich zu verstehen. Ich kratzte all meinen Mut zusammen, sagte mir, dass ich trotz meiner fast siebzig Jahre gerade den Naturgewalten getrotzt hatte, ohne mir eine Lungenentzündung eingefangen zu haben. Der Lohn dafür könnte unmöglich darin bestehen, dass ich nun von Herumtreibern wegen der paar Kröten in meiner Tasche abgemurkst würde.

Vorsichtig schielte ich die Treppe hinauf. Etwa auf halber Höhe hat sie einen Absatz, von dem aus man in einen Hohlraum unter der Brücke sehen kann. Dieser Hohlraum liegt zwischen dem Deich, der Emscher und Kanal trennt, und einem der Brückenpfeiler. Da keine Treppe zu ihm hinunterführt, muss man eine steile Wand hinuntergleiten, um in ihn zu hineinzugelangen, wobei ich mir ganz sicher den Hals brechen würde, sollte ich je auf die Schnapsidee kommen, dort runterzurutschen. Durch den gesamten Raum, der gute zehn Meter in der Länge misst, sicherlich drei in der Höhe und der die gesamte Breite der vierspurigen Brücke umfasst, verläuft parallel zum Kanal ein ganz dickes, völlig verrostetes Versorgungsrohr, das ungefähr einen

Meter über dem Boden hängt. Ansonsten ist es recht sauber da unten und trocken und windgeschützt, was den Platz zu einem Paradies für Penner macht. Ab und an habe ich schon mal welche von denen gesehen, wenn ich auf den Nachhauseweg hier vorbeiging. Aus dem Hohlraum unter der Zweigertbrücke mussten die Stimmen kommen, und von dort sah ich nun auch ein schwaches Licht flackern. Gott sei Dank war auf der Treppe selbst kein Mensch zu sehen.

Ich versuchte aufzustehen. Mein Rücken ächzte gewaltig, und nur mit Mühe konnte ich ein Aufstöhnen vermeiden. Ganz langsam, Wirbel für Wirbel, erhob ich mich. Mit größtmöglicher Vorsicht drehte ich mich um und stand vor der Treppe, die mir in diesem Augenblick genauso hoch wie der Schornstein der Karnaper Müllverbrennungsanlage vorkam. Ich saß in der Falle. Auch ohne mich an einer Horde Tippelbrüdern vorbeischleichen zu müssen, war es eine Mörderaufgabe, die Treppe zu erklimmen. Einen anderen Weg gab es aber nicht, und verdammt, ich wollte endlich nach Hause.

Mutig packte ich das Treppengeländer und zog mich die ersten paar Stufen hinauf. Bei jeder vierten Stufe machte ich Halt und ruhte meinen Rücken einen Moment aus. Als ich mich bis auf die Höhe des Treppenabsatzes geschleppt hatte, machte ich eine längere Pause. Ich wollte Kräfte sammeln, um möglichst schnell und ohne gesehen zu werden an den Pennern vorbeizukommen. Bei der Gelegenheit riskierte ich einen Blick hinunter in den Hohlraum. Das, was ich dort zu sehen bekam, verschlug mir glatt den Atem.

Sechs Männer in langen schwarzen Kapuzengewändern standen um ein knisterndes Feuer herum. Es sah aus, als würden sie mit gesenkten Häuptern und vor der Brust verschränkten Armen beten. Die weiten Ärmel hingen herab wie beim Mantel eines Zauberers, und ihre Kapuzen hatten sie so tief heruntergezogen, dass selbst im Licht des Feuers keine Gesichtszüge zu erkennen waren. Auf einmal breitete einer der Männer die Arme aus und sagte laut: »So lasst uns beginnen. Bringt den ersten Anwärter!«

Das Echo seiner kraftvollen, tiefen Stimme lag noch in der Luft, da gingen zwei Kapuzenmänner, ohne die Köpfe zu heben oder die verschränkten Arme von ihrer Brust zu lösen, in den hinteren Teil des Raumes. Erst jetzt fiel mir auf, dass dort – verborgen hinter dem verrosteten Versorgungsrohr – eine ganze Reihe von Leuten stand. Im faden Licht des Feuers zählte ich zehn Beine, deren zugehörige Körper vom Rohr verdeckt wurden. Die beiden Kapuzenmänner gingen auf die Person ganz links zu und murmelten etwas, das sich für meine Ohren eher wie ein Grunzen als wie Sprache anhörte. Jemand bückte sich unter dem Rohr durch und wurde ans Feuer geleitet.

Es war ein Mann mittleren Alters, und er sah überhaupt nicht aus wie ein Penner. Ganz im Gegenteil: Er trug einen dunklen Anzug mit Krawatte und hatte seinen nassen Trenchcoat fein säuberlich über den rechten Unterarm drapiert. Nervös verlagerte er sein Körpergewicht von einem Bein auf das andere. Derselbe Kapuzenmann, der gerade schon die kleine Ansprache gehalten hatte, erhob wieder das Wort, und seine Stimme klang sehr pathetisch, als er sagte: »Wir, die Wahren Chronisten, sind hier zusammengekommen, um dich zu hören, Anwärter. So erzähle, was du zu erzählen hast. Und wir werden sehen, ob deine Geschichte es wert ist, bewahrt zu werden, oder ob wir dich als Schwindler entlarven und dir zur Strafe für deine Lügen die Zunge aus dem Halse schneiden.«

Mir blieb fast das Herz stehen, als ich sah, wie seine rechte Hand aus den Zaubermantel-Ärmeln hervorschnellte und sich eine gekrümmte Geflügelschere darin befand. Als wollte er seine Worte unterstreichen, schnippelte er einmal mit der Schere in der Luft herum. Der Anwärter zuckte zunächst zurück, dann nickte er zustimmend.

Die sechs Kapuzenmänner setzten sich daraufhin mit wehenden Mänteln im Schneidersitz im Halbkreis auf den Boden. Nur der Mann in Anzug mit Krawatte blieb stehen. Er kramte ein kleines Buch aus der linken Seitentasche, blätterte kurz darin und begann mit leicht zitternder Stimme daraus vorzulesen:

»Abteufen: Herstellen eines seigeren, also senkrechten Grubenbaus wie Schacht, Blindschacht oder Bunker mit unterschiedlichen Verfahrenstechniken wie Sprengarbeit oder Bohren von Großbohrlöchern.«

Er schlug das Buch wieder zu und steckte es zurück in die Tasche. Dann räusperte er sich und sagte:

»Hört nun die Geschichte von Werner dem Teufer und was er in tausenddreihundert Meter Tiefe erlebt hat.«

Werner der Teufer

Es schüttete wie aus Eimern an jenem Morgen irgendwann in den frühen Sechzigern. Am Abend zuvor hatte es angefangen und seitdem nicht mehr zu schiffen aufgehört.

Müde und reichlich genervt steckte Werner mit seinem klapprigen Käfer am Abzweig Katernberg im Berufsverkehr fest. Er schaltete die Scheibenwischer zurück auf Stufe eins, weil ihm die ruckartige Bewegung der Blätter den letzten Nerv raubte. Sofort war seine Sicht so weit eingeschränkt, dass er gerade noch die Bremslichter des Wagens vor ihm erkennen konnte. Wie in einer verdammten Waschstraße, dachte Werner und verfluchte gleich auch noch das Gebläse der Heizung, das geräuschvoll vor sich hin quietschte und nur mit Mühe die Scheibe von seinem Atem frei hielt. »Verfluchtes Gequietsche«, schimpfte er, »dat hältste doch im Kopp nich aus. Und bringt überhaupt nix. – Ich brauch dringend den Kapitän.«

Werner sparte auf einen Opel Kapitän P 2,6. Das Teil war genau seine Kragenweite. Zweieinhalb Liter Hubraum auf sechs Zylinder verteilt. Neunzig Pferdestärken. Das neue Modell hatte sogar Servolenkung und natürlich die durchgehende Sitzreihe vorn, was besonders die Abende mit Gisela im Autokino um einiges bequemer gestalten würde. Aber für so ein Schlachtschiff müsste Werner noch ein paar Schichten schieben, bevor er die knapp elf Mille zusammen hätte. Und so lange würde er notgedrungen weiter in seinem klapprigen Käfer zum Pütt fahren müssen. Im Grunde war er ja froh, überhaupt einen fahrbaren Untersatz zu besitzen. Die meisten alten Kumpel kamen bei Wind und Wetter mit dem Fahrrad zur Schicht, weil sie Blagen hatten, die sie durchfüttern mussten, und sich deshalb kein Auto leisten konnten. Gisela hatte auch schon solche Flausen im Kopf, von wegen früh heiraten und viele Kinder in die Welt setzen und son Kram. Aber da konnte sie ihm lange mit ihrem Petticoat vor der Nase herumwedeln – er wollte unbedingt einen Opel Kapitän P 2,6 in Feuerrot, mit viel Chrom und echten Weißwandreifen. Mit dem würde er mit Gisela im Arm, den Beatles im Radio und hundertfünfzig auf dem Tacho Richtung Süden brausen, dorthin, wo immer die Sonne schien und nicht so ein Dreckswetter herrschte wie am verdammten Abzweig Katernberg.

Werner lugte missmutig durch die Frontscheibe, auf der die Wischerblätter ihren hektischen Kampf gegen die Wassermassen ausfochten. Für das letzte Stück vom Abzweig bis zur Schachtanlage 3/10 in Schonnebeck brauchte er fast eine halbe Stunde. Sobald der Verkehr sich etwas in Bewegung setzte, schaltete er die Scheibenwischer wieder auf Stufe zwei.

Draußen hatte sich ein grünlich-grauer Schleier über die Gegend gelegt. Es sah aus, als hätte jemand einen riesigen Kübel Erbsensuppe über Katernberg ausgekippt. Der heftige Regen drückte die Abgase der Autos zu Boden, wodurch sich kleine grünliche Nebelbänke um die Hinterreifen seiner Vordermänner bildeten. »Ein scheiß Wetter wie in Liverpool!«, sagte Werner laut in das quietschende Getöse des Gebläses hinein und hängte noch ein »Yeah, yeah, yeah!« dran.

Natürlich lag der Parkplatz der Schachtanlage in knöcheltiefem Matsch. Werner stülpte sich Plastiktüten über seine original John-Lennon-Schuhe und reihte sich ein in die Schlange der Kumpel, die allesamt auf dem Weg zur Frühschicht waren. Mit hochgestellten Kragen, die Mützen tief ins Gesicht gezogen, marschierte Mann um Mann leise fluchend durch das Zechentor und weiter in Richtung Kaue, wo sie ihre durchnässte Straßenkleidung ablegten, ihre porentief dreckigen Püttanzüge anzogen und sich zu guter Letzt mit Grubenlampe und Atemmaske für eine weitere Schicht unter Tage wappneten. Der Einzige, der all dies erst später erledigen würde, war Werner. Zunächst musste er noch zum Reviersteiger, um sich den Einsatzplan für seine Schicht abzuholen. Erst wenn alle Kumpel auf Fahrung waren oder ihren Arbeitsplatz tief unten im Berg bereits erreicht hatten, konnte Werner auf Seilfahrt gehen. Denn Werner war kein Kohlenhauer im eigentlichen Sinne. Werner war Abteufer.

Seit vier Monaten wurde Schacht 3/10 weiter abgeteuft, und die Kumpel, die auf diesem Pütt malochten, waren alles andere als begeistert davon. Es ist nicht ungefährlich, einen Schacht zu vertiefen, in dem rund um die Uhr Mensch und Material befördert werden. Bohren ist nicht möglich, das würde den Betriebsablauf zu sehr blockieren. Also bleibt nur das Sprengen. Aber durch den Druck der Explosionen im Schacht können sich die Führungsschienen des Förderkorbs verziehen, was dazu führt, dass der Korb sich im Schacht verkeilt und stecken bleibt. Dann würde der Betrieb komplett stillliegen, ganz zu schweigen davon, dass sich Männer in dem Korb befinden könnten, die dann unter schwierigsten Bedingungen geborgen werden müssten. Seit vier Monaten rumpelte es nun regelmäßig im Schacht, und genauso lange hatte jeder Kumpel ein mulmiges Gefühl in der Magengegend, wenn er den Förderkorb bestieg. Das Einzige, was die Kumpel auf Seilfahrt ermutigte, war die Tatsache, dass sie Werners Job nicht machen mussten. Denn das, was er tat, war wirklich lebensgefährlich.

Auf dem Schreibtisch des Reviersteigers stapelten sich Karten, Lagerrisse und unzählige Schnittskizzen des Berges. Für die Dauer des Abteufens musste sich der Steiger sein Büro mit einem Markscheider teilen, der den ganzen Tag irgendwelche Berechnungen anstellte, von deren Richtigkeit letztlich das Leben aller Männer unter Tage abhing. Ein Reviersteiger hat im Grunde nur zwei Aufgaben: Zum einen muss er die Fördervorgaben einhalten und zum anderen dafür Sorge tragen, dass jeder, der in sein Revier einfährt, auch wieder ausfährt. Alles, was zur Erreichung dieser beiden Ziele notwendig ist, liegt in seinem Ermessen. Er ist sozusagen der Gott auf dem Pütt. Auf Schacht 3/10 hieß Werners Gott Paul Fiesmann.

Paul stand schon gehörig unter Strom, als Werner sein Büro betrat. Er konnte gerade noch hören, wie der Steiger in den Telefonhörer schrie: »... und wie soll ich bei dem ganzen Palaver meinen Pütt am Kacken halten?« Der Markscheider empfing Werner mit einem zackigen »Glück auf!«. Ein bisschen hörte es sich an wie beim Kommiss, dachte Werner jedes Mal, wenn der studierte Arschkriecher den Mund auftat. Niemand hier auf dem Pütt konnte die Brillenschlange besonders gut leiden. Er war ein echter Schleimbeutel, der Herr Vermessungsingenieur. Reviersteiger Fiesmann hingegen war für jeden eine Respektsperson. Er hatte sich hochmalocht vom kleinen Hauer bis zum absoluten Herrscher über 3/10. Fiesmann redete wie ein Kumpel und Fiesmann sah aus wie ein Kumpel. Sein Arbeitsanzug war nicht gestärkt und blütenweiß wie der Kittel des Markscheiders. Seine Klamotten waren mit der Zeit vom eingewaschenen Dreck dunkelgrau gefärbt worden, und sein weißer Helm hatte mehr Macken und Dellen als Werners Käfer.

Der Steiger zischte noch etwas in den Hörer, bevor er auflegte und Werner zurief: »Mensch, Wenner! Du siehst immer mehr aus wie einer dieser Langhaardackel aus England. Geh mal zum Kapper, sonst passt dir bald kein Helm mehr.«

Scheiß auf den Helm, dachte Werner und fuhr sich mit den Fingern durch seinen nassen Pilzkopf. »Dat geht nich, Steiger. Ich kann nich zum Kapper. Meine Gisela liebt meine Haare. Ich seh aus wie Ringo Starr, meint die immer.«

»Sag ich doch! Wie einer von diesen Inselaffen.«

Der Markscheider lachte verächtlich und nickte zustimmend mit dem Kopf, wobei er mit dem Zeigefinger der rechten Hand seine Hornbrille festhielt. Jeder, der Paul Fiesmann länger als zwei Minuten kannte, konnte ihm ansehen, wie sehr er den schleimigen Typen verabscheute. Wenn der mit seinem gestärkten Kittel auf Seilfahrt ging, war das Ding immer noch blütenweiß, wenn der wieder rauskam. Der malochte nicht, der guckte nur.

Reviersteiger Fiesmann umkurvte seinen überladenen Schreibtisch, kam Werner entgegen und legte ihm die Hand auf die Schulter. »Na ja, lieber en Pilzkopp aufen Hals als en Rosettenflansch.« Werner grinste sein cooles Ringo-Grinsen, um dem Steiger zu zeigen, dass er den Witz kapiert hatte. Auch der Markscheider hatte verstanden und beugte sich wortlos wieder über seine Risszeichnungen.

In kurzen, knappen Sätzen informierte der Reviersteiger Werner über den Stand der Dinge. Die letzte Sprengung war gegen vier Uhr morgens erfolgt. Mit ungefähr siebenhundert Kubikmeter losem Gestein lag der Schuss im guten Durchschnitt. Führungsschienen waren keine beschädigt worden. Abraumsicherung war wie immer die vordringlichste Aufgabe.

Als Werner die Weißkaue betrat, hielt sich nur noch Hänsken, der Kauenwärter, darin auf. Von oben drangen die Stimmen der Kumpel und das Klirren der Kettentakelage aus der Schwarzkaue. Die beiden Männer nickten sich zu und murmelten dabei etwas, das sich für geübte Ohren wie »Glück auf!« anhörte.

»Wat macht der Rücken, Hänsken?«, fragte Werner aus reiner Höflichkeit.

»Ach, hör mich auf, Wenner! Bei Regen isset besonders schlimm«, antwortete Hänsken gequält.

So wie Hänsken würde Werner nicht enden, das hatte er sich geschworen. Als alter, kaputter Malocher noch leichte Arbeit schieben und die Kaue putzen zu müssen, nur weil die kleine gemütliche Reihenhaushälfte in der Bergmannssiedlung ein neues Dach oder neue Fenster brauchte oder einem die Sparkasse im Nacken saß. Nee, danke! Da hatte Werner ganz andere Vorstellungen, was seine Zukunft anging. Und er war auch bereit, etwas dafür zu tun. Nicht umsonst hatte er sich freiwillig zur Abraumsicherung gemeldet. Mit den Überstunden und der Gefahrenzulage, die er dafür kassierte, dass er seinen Arsch riskierte, kam er dem Opel Kapitän P 2,6 immer näher.

Werner hatte sich ausgerechnet, wenn er und Gisela nach der Hochzeit in ein paar Jahren bei ihren Eltern wohnten, sie höchstens zwei Kinder bekämen und er den Job noch zwanzig Jahre machen würde und wenn die Schwiegereltern dann irgendwann hinüber wären und er das Haus erbte, könnte er es schon in den Achtzigern ruhiger angehen lassen. Dann wäre er noch nicht mal Mitte vierzig und würde die meiste Zeit im Schrebergarten verbringen, den er sich zwischendurch zulegt hätte. Für Werner leuchtete die Zukunft hell wie die Flutlichtmasten im Georg-Melches-Stadion.

Für Hänsken, die arme Sau, hatte er ein paar tröstende Worte auf Lager: »Wird schon wieder aufhören zu schiffen. Mach dir ma kein Kopp. Muss dir einfach immer sagen: It's a hippy hippy shake!« Werner vollführte ein paar Twist-Schritte, woraufhin Hänsken nur kopfschüttelnd erwiderte: »Ihr Rotznasen habt doch alle nur Mist inne Birne. Aber dir, Wenner, dir nimm ich dat nich übel. Du hass Mumm inne Knochen. Für kein Geld der Welt würde ich deine Maloche machen.

Weiße, wie die Kumpel dich schon am nennen sind? Wenner den Teufer. Biss kein schlechten Kerl, nur die Affenmusik, die kannze dir ma schön anne Glatze nageln. Da hör ich doch lieber den Freddy: ›Junge, komm bald wieder, bald wieder nach Haus. Junge, fahr nie wieder, nie wieder hinaus …‹«

Werner hielt sich die Ohren zu und verzog sein Gesicht zu einer Schmerzensgrimasse.

»Brauchs gar nich so zu tun«, warnte Hänsken, »und geh ma wieder zum Kapper, sonst denken die Leute noch, ich lass hier Schicksen inne Kaue.«

»Wat soll ich deiner Meinung nach machen, Hänsken? So wie du? Scheitel von ein Ohr bis zum andern und die restlichen Flusen schön von links übern Kopp gekämmt? Deiner Alten gefällt so wat vielleicht, aber meine Gisela, die is anspruchsvoll. Ey, die is mit Werner dem Teufer zusammen. Da kann ich nich mit sonem Pisspottschnitt auflaufen.«

Hänsken winkte ab und kümmerte sich wieder um seinen Kram, der hauptsächlich darin bestand, möglichst steif auf einem Holzstuhl zu sitzen und nicht an seine Rückenschmerzen zu denken. Ansonsten musste er nur ab und zu mal die Kaue fegen und aufpassen, dass kein Kumpel etwas rumliegen ließ.

Hänsken hasste es, wenn er Socken fand, die er dann anfassen musste, und Werner konnte es nicht leiden, wenn sein Anzug knubbelig wurde. Mit größter Sorgfalt drapierte er deshalb seinen schwarzen Zweiteiler auf den Kleiderhaken, wischte mit dem Handrücken noch einmal über das Revers und legte dem aufgehängten Anzug seine Krawatte um, als würde er ihm eine Schärpe verleihen. Penibel achtete er darauf, dass seine Socken zwischen seinen original John-Lennon-Schuhen und den dafür vorgesehenen Bügeln des Hakens steckten. Das weiche Leder könnte sich nämlich sonst vielleicht verformen. Dann würden seine Treter aussehen, als hätten sie die Beulenpest. Und dafür waren die echt zu teuer gewesen.

Nur in Kauenlatschen stand Werner vor dem Rondell, auf dem die Straßenklamotten der Kumpel hingen. Seiner würde der letzte Kleiderhaken in der Reihe sein, zumindest so lange, bis seine Abteuferkollegen zur Schicht kämen, also in ungefähr zwei Stunden. Bis dahin musste er den Abraum so weit gesichert haben, dass sie gemeinsam mit dem Fördern der durch die Sprengung gelösten Bergmassen beginnen könnten. Die Mittagsschicht würde dann die Schachtwände verschalen, bevor auf Nachtschicht die Schießer wieder an der Reihe wären.

Hänsken murmelte Werner ein leises »Glück auf!« hinterher, als der mit blankem Arsch die Treppe zur Schwarzkaue hinaufstieg. Die Kumpel der Frühschicht waren bereits am Schacht und er hatte wie jeden Morgen die ganze Kaue für sich. Er schlurfte vorbei an den Duschen, die Kettenreihe entlang, an deren anderen Ende die Kleiderhaken unter der Decke hingen, bis er zu der Kette kam, auf der seine Bergmannsnummer stand: 4239. Er entriegelte das Schloss, nahm die Kette aus der Arretierung und ließ an ihr sein Arbeitszeug herab. Nur noch heute, dachte er beim Anblick seiner Püttklamotten, dann käme das Zeug in die Wäsche. Ohne Eile legte er seine Arbeitskleidung an, band sich die Plastikschoner um die Schienbeine und setzte seinen Helm auf. Auf dem kurzen Weg zum Schacht sammelte er noch Grubenlampe und Gasmaske ein. Das war der Moment, bei dem ihm immer etwas mulmig wurde. Aber das geht jedem Kumpel so, der halbwegs bei Verstand ist und der Grube den ihr gebührenden Respekt entgegenbringt. Bergmänner sind abergläubisch wie Waschweiber, was sie schon immer dazu verleitet hat, die merkwürdigsten Rituale zu pflegen. Wie viele andere furzte Werner jedes Mal, wenn er in den Korb stieg. Er glaubte, das bringe ihm Glück.

Die Seilfahrt 1200 Meter runter bis zur Sole zwölf war in wenigen Minuten erledigt. Werner fuhr schon einige Jährchen in die Grube ein, so dass ihm Begleiterscheinungen wie Druck auf den Ohren oder die Tatsache, dass der Magen die gesamte Seilfahrt hindurch immer ein paar Meter über einem zu hängen schien, nichts mehr ausmachten. Er summte auf Seilfahrt immer ein Lied der Beatles, und wenn er allein im Korb war, probierte er zusätzlich ein paar Tanzschritte.

Unten öffnete der Schachthammer das Gatter des Förderkorbes. Als Werner ausstieg, schlug ihm dessen Knoblauchfahne entgegen, als der zu ihm sagte: »Glück auf, Kumpel! Du kommen früh heut. Kannz nich abwarten, Arsch riskieren, wie? Deutsche alle verruckt! Wenn du fragen Ali. Alle total bekloppt.«

»Genau, Ali«, erwiderte Werner, »wir sind alle verrückt, und ihr stinkt alle drei Meilen gegen den Wind nach Knoblauch.«

»Ah, Knoblauch gut! Knoblauch gesund! Und gut für Ficki-Ficki!«

Ali lachte über seine eigenen Worte und schloss das Gatter wieder. Er amüsierte sich immer noch, als er das Signal für »auf« gab und der Korb für gut zwei Meter nach oben gezogen wurde. Erst als er die schwere Kette sah, die mittig unter dem Korb baumelte und mit der die Abteufkübel nach über Tage gefördert wurden, und er dann im Umdrehen bemerkte, wie Werner in sein Klettergeschirr stieg, hörte er auf zu kichern. »Du Cheffe von alle Bekloppte! Nich für tausend Jungfrauen Ali würde Abraum sichern. Nich für tausend Jungfrauen.«

»Für tausend Jungfrauen würde ich es auch nicht machen. Aber für einen Opel Kapitän P 2,6, Ali. Dafür schon.«

»Ah, Opel Kapitän, gut Auto. Aber nix Wert eigene Leben.«

»Was weißt du Kameltreiber schon von Autos. Du hältst doch en V 6 für ne Dreierkarawane.«

Ali hob die Arme und machte ein Gesicht, als wenn es nichts im Universum gäbe, das ihn weniger interessierte. Dann half er Werner, wie so viele Male zuvor, sein Sicherungsseil am Ausbaugestänge zu befestigen. Der Anblick des kleine Brettes, auf dem der verruckte Deutsche sitzen und sich in das tiefe dunkle Loch abseilen würde, bereitete dem Türken Unbehagen. Als er erneut das Gatter öffnete, befand sich der Boden des Förderkorbs exakt auf Höhe der Solendecke, was im Klartext bedeutete, dass es nichts mehr zwischen ihm und dem fast hundert Meter tiefen Abgrund gab. Um sich nicht nach vorn beugen zu müssen, bugsierte Ali den Ausleger mit der Seilwinde schwungvoll über den Rand. Daran würde Werner in die Tiefe gleiten, um dann zehn Meter über dem Boden hin und her zu schwingen und dabei den Abraum zu sichern.

Wie immer sprach Ali ein kurzes Gebet, als Werner sich an den Rand des Abgrunds stellte. Die beiden Männer sahen sich noch einmal in die Augen, dann reichte Ali ihm den Vorschlaghammer mit den Worten: »Nicht vergessen dicke Tomeck.«

Werner nahm den Hammer, hängte ihn hinten in eine Gürtelschlaufe, knipste seine Grubenlampe am Helm an und schwang sich über den Abgrund. »See you later, alligator!«, scherzte er.

»Aleikum Salam!«, erwiderte Ali.

Auf dem Bauch liegend, schaute Ali dem Licht nach, das langsam, Meter um Meter, im Loch verschwand und immer kleiner wurde. Sein Job war es, die Seilwinde im Auge zu behalten, und – bei Allah! – keine Sekunde würde er sie aus den Augen lassen, schließlich hing das Leben des Kumpels davon ab.

Werner hatte mit beiden Händen das Führungsseil gepackt, ließ es durch seine Finger gleiten und summte die Melodie von »She Loves You«, während er Armlänge um Armlänge in die Tiefe glitt.

Die Musik von den Beatles liebte er nicht zuletzt wegen des Gefühls, das sie ihm vermittelte. Eines Gefühls von Rebellion und Freiheit, manchmal sogar von Unsterblichkeit. Die Fab Four kamen schließlich auch aus einer Malocherstadt und hatten es bis ganz nach oben geschafft.

Werner entging die Ironie, dass er gerade auf dem Weg nach ganz unten war. Stattdessen schrie er lauthals »Yeah, yeah, yeah!«, als er nach fünfunddreißig Metern das Ende des ausgebauten Teils des Schachtes erreichte. Die nächsten vierzig Meter ging es entlang zementierter Wände, die im Schein seiner Grubenlampe gelblich schimmerten und nach der heutigen Mittagsschicht komplett ausgebaut sein würden. Nachdem er auch diesen Teil passiert hatte, sah er im Kegel seines Lichts die Fangnetze, die den nächsten Abschnitt notdürftig sicherten. Darunter begann die wirklich gefährliche Zone.

Schwarzes, schroffes Gestein ragte aus völlig ungesicherten Wänden. Auseinandergerissene Felsen, die im Schattenspiel der Grubenlampe aussahen wie die zerbrochenen Knochen eines mächtigen Dinosauriers, streckten sich scharfkantig und porös aus dem Berg und drohten jeden Moment aus dem Gebirge herauszubrechen. Wenn dann unten am trichterförmigen Schachtboden Männer gerade dabei wären, die Abteufkübel mit dem geschossenen Gestein zu füllen, würden sie allesamt erschlagen werden. Wegen dieser Felsen war Werner hier unten. Seine Aufgabe bestand darin, sich jeden vorstehenden Brocken mit dem dicken Tomeck vorzunehmen und ihn aus der Schachtwand zu brechen, bis der Grund des Lochs weitestgehend vor herabfallendem Gestein sicher war.

Fachmännisch bestrachtete Werner die Zustände vor Ort. Sofort erkannte er, dass ein besonders dickes Ding weit in den Schacht hineinragte. Dieser Stein würde ihm eine Menge Schweiß kosten, alle anderen dagegen wären ein Kinderspiel. Bevor er jedoch den großen Brocken angehen konnte, musste er zunächst einige kleinere aus dem Weg räumen. Er zog den Vorschlaghammer aus der Schlaufe seines Gürtels und schwang sich an die Schachtwand. Das zerklüftete Gestein bot ihm jede Menge Möglichkeiten, einen halbwegs sicheren Stand zu finden und mit dem Tomeck die Felsen aus dem Berg zu brechen. Mit geübter Routine machte er sich ans Werk. Stein für Stein fiel mit einem dumpfen Schlag in den pechschwarzen Explosionstrichter.

Die ganze Zeit über hatte Werner irgendeine Beatles-Melodie auf den Lippen. Es summte sich querbeet durch alle Songs, die er von ihnen kannte, und er kannte so ziemlich alles, was die Fab Four auf Schallplatte gepresst hatten. Im Nu schaffte er es, den Schacht rundum erst um zwei, dann drei und schließlich um vier Meter sicherer zu machen. Dann gönnte er sich eine kleine Pause und trank einen Schluck Tee aus seiner Feldflasche, die an seinem Gürtel hing, und wischte sich den Schweiß von der Stirn. Es war heiß im Loch und stickig, und er spürte, wie sein trockener Hals die Flüssigkeit aufsog.

Nach einer Stunde waghalsiger Maloche wollte sich Werner das dicke Dingen vornehmen. Um diesen Brocken zu lösen, würde er gute zwanzig Minuten brauchen. Dann hätte er immer noch vierzig Minuten für die restlichen Steine, bis seine Kollegen auf Seilfahrt gehen würden und er aus dem Schacht rausmüsste. Der alte Fiesmann machte immer ein Riesentheater, wenn der Arbeitsablauf durcheinandergeriet. Deshalb war Werner stets darauf bedacht, nicht länger als zwei Stunden für das Abraumsichern zu brauchen, so dass die weiteren Abteufarbeiten am Schacht pünktlich beginnen konnten. Bis zur Nachtschicht musste die Schießmasse gefördert und der Ausbau weiter vorangetrieben worden sein, das hieß, oben verschalen, in der Mitte zementieren und ganz unten Fangnetze aufhängen. Das letzte Mal, als Werner nicht schnell genug fertig geworden war, war der Steiger völlig ausgeflippt. »Du biss für nix zu gebrauchen!«, hatte er ihn vor den Kollegen zu Sau gemacht. »Du wärs besser Schiffschaukelbremser geworden, du Arschgeige!« Um sich einen weiteren Anschiss zu ersparen, schwang Werner sich unverzüglich zu dem Brocken und sang dabei lauthals »Twist And Shout«.

Das dicke Ding ragte keine zwanzig Zentimeter unter ihm aus dem Berg. Es reichte gut und gerne zwei Armlängen in die Schachtscheibe hinein, die insgesamt einen Durchmesser von neun Metern hatte. Immer darauf bedacht, dass sich sein Sicherungsseil nicht verdrehte, brachte Werner sich in Position. Dann schlug er einmal mit dem Tomeck zu, woraufhin der Fels direkt aus dem Berg brach. Wegen des fehlenden Gegendrucks rutschte Werner der Vorschlaghammer aus den Händen und folgte dem Brocken nach unten.

Mit einem Mordsgetöse schrappte der schwere Stein die Wand entlang und riss alles mit sich, was sich ihm in den Weg stellte. Dumpf schlug er am Boden auf, rutschte den staubigen Schräghang hinunter bis ins Zentrum des Explosionstrichters und wirbelte dabei eine dichte Staubwolke auf, die den Schacht hoch quoll und Werner gerade noch genug Zeit ließ, um Scheiße zu schreien, bevor sie ihn erreichte. Schnell zog er sich sein Halstuch über Mund und Nase. Innerhalb von Sekunden war er von Dreck so eingehüllt, dass er die Augen ganz fest zukneifen musste, um wenigstens deren Inneres sauber zu halten. Werner atmete nicht und gab Druck auf seine Nebenhöhlen, denn er spürte, wie der feine Staub ihm in die Nasenlöcher kroch. Viel mehr konnte er nicht tun. Bis der Dreck sich wieder gesetzt hatte, musste die Arbeit ruhen.

Nach einer kleinen Ewigkeit konnte Werner endlich wieder frei atmen. Sein Anzug war ganz steif von der dicken Staubschicht, die sich darauf abgesetzt hatte, und sein Gesicht fühlte sich an, als würde er eine Maske aus feinem Pulver tragen. Er holte tief Luft, hustete und sah sich das Ergebnis des Steinschlages an. Der dicke Brocken lag im Zentrum des Trichters, umwabert von den letzten Resten der Staubwolke. Das Stück Schachtwand, an dem er entlanggeschrappt war, sah aus wie plan geschliffen. An allen anderen Wandseiten wartete noch genug Arbeit auf ihn.

Nur zwei Möglichkeiten blieben Werner jetzt. Entweder ganz nach oben klettern und einen neuen Tomeck holen – das würde mindestens eine halbe Stunde dauern und wäre obendrein sehr anstrengend – oder sich in den noch nicht gänzlich gesicherten Abraum abseilen und das verlorene Stück bergen. Bis nach unten waren es höchstens sechs, vielleicht sieben Meter, und die Steine, die jetzt noch herunterfallen könnten, waren nicht mehr so groß und sahen obendrein aus, als wären sie fest im Gebirge verankert. Also entweder wieder einen Anschiss vom Steiger riskieren oder schnell den Tomeck holen? Er brauchte ja nur mal eben runterzuhüpfen und wäre einen Wimpernschlag später wieder in sicheren Gefilden. Der Hammer lag ja da unten. Er konnte ihn durch den dünnen Staubnebel hindurch sehen. Seine Entscheidung war gefallen, bevor der Staub sich ganz gelegt hatte.

Vorsichtig seilte Werner sich in den Gefahrenbereich ab. Auf der Seite, auf der er sich bewegte, hatte das dicke Ding gründlichst abgeräumt. Dort drohte die geringste Gefahr, von herabfallenden Steinen getroffen zu werden. Die Schachtwand immer im Auge, erreichte er den Rand des Trichters. Der Hammer lag nicht ganz im Zentrum. Das Stielende war zu ihm gerichtet, alles im allen keine vier Meter entfernt. Um sich schneller bewegen zu können, löste er das Sicherheitsseil, stieg aus dem Klettergeschirr, blickte noch einmal suchend die Schachtwand hoch und sprang ohne jede Sicherung in den Trichter.

Mit eingezogenem Nacken bückte Werner sich nach dem Hammer. Ein wenig hatte der Tomeck sich verkeilt, und er setzte den Stiel als Hebel ein, um ihn zu lösen. Durch den Druck, den er auf den Stiel ausübte, kam Werner ins Rutschen, setzte sich auf den Arsch und stützte sich mit beiden Beinen an dem Felsen ab. Er zog mit aller Kraft an dem Hammer, stemmte sich gegen das dicke Ding, als plötzlich ein Grollen durchs Gebirge fuhr und Werner fühlte, wie der Stein nachgab. Im selben Augenblick konnte er den Hammer ganz leicht anheben, und er bemerkte, dass der Staub neben ihm sich bewegte. Werner blickte nach oben, aber von da kam nichts. Das Grollen im Gebirge verwandelte sich in ein tiefes Stöhnen, das klang, als würde eine uralte Gruft geöffnet.

Wie in einer Eieruhr rutschte der Boden unter ihm immer schneller ins Zentrum des Trichters. Werner krabbelte auf allen vieren die schräge Staubschicht hoch, das Sicherungsseil fest im Auge. Aber der Grund unter ihm gab immer mehr nach, und so sehr er auch strampelte, mit jedem Schritt nach vorn rutschte er zwei Schritte weiter hinunter. Schließlich gab es einen mächtigen Knall, und der gesamte Boden sackte ab.

Werner schlug zwei Meter tiefer rücklings auf dem Boden eines Hohlraumes auf. Er spürte einen heftigen Schmerz im Rücken. Der Aufprall war so stark, dass der steinschlaggeschützte Akku seiner Grubenlampe den Geist aufgab. Genau an der Körperstelle, an der das schwere Teil hinten an seinem Gürtel hing, war der Aufschlag besonders schmerzhaft gewesen.

Auf dem Rücken liegend, sah Werner den Schacht hoch. Ganz weit oben bewegte sich ein kleines Licht. Das musste Ali sein, der wohl auch den Knall gehört hatte.

Werner konnte sich nicht rühren. Das Atmen fiel ihm schwer. Er schloss die Augen und konzentrierte sich zunächst aufs Luftholen. Nur langsam, wie eine nachvibrierende Stimmgabel, die mit einem dicken Tomeck angeschlagen worden war, hörten Werners Knochen auf zu zittern. Er spürte, wie sich der Griff um seine Lunge löste, und holte vorsichtig Luft. Das, was er einatmete, war bitter und salzig und roch wie die Hölle. Werner wusste sofort, was geschehen war. Er war in eine Gebirgsverwerfung eingebrochen, die mit giftigem Gas gefüllt war. Er lag wie eine Schildkröte auf dem Rücken schwer verletzt in einer Schwefelblase.

Vorsichtig tastete er mit der rechten Hand nach seiner Atemschutzmaske, die seitlich an seinem Gürtel angebracht war. Im Grunde war das Ding nur eine Blechdose mit Filter. Er war direkt mit seinem Hintern daraufgefallen. Seinen einzigen Schutz gegen giftiges Gas hatte er plattgedrückt wie eine Flunder und ihn damit unbrauchbar gemacht. Wenn er nicht so schnell wie möglich hier hinausgelangte, würde er an Schwefelvergiftung sterben. Vorsichtig drehte er den Kopf auf die Seite, konnte aber in der Dunkelheit nichts erkennen. Er versuchte seine Arme und Beine zu bewegen, was seinen Knochen erneut einen Schlag wie mit einem dicken Tomeck versetzte. Aber auch der Schmerz durfte ihn nicht aufhalten, er musste heraus aus der Verwerfung, sonst wäre er ein toter Mann.

Der Schwefel begann in seinen Augen zu brennen, und Werner streckte stöhnend die Arme aus, als könnte er den zwei Meter über ihm liegenden Durchbruch zu fassen kriegen und sich daran hochziehen. Dort oben sah er durch tränende Augen das Ende des gelben Schleiers aus Schwefelgas, das ihn umbringen würde, wenn er zu viel davon einatmete. Die Anstrengung der Armbewegung trieb ihm den Schweiß auf die Stirn, und ein Schmerz durchzuckte seinen Rücken mit solcher Gewalt, dass ihm nichts anderes übrigblieb, als auszuatmen. Drei, höchstens vier Atemzüge von diesem Höllengas, und er würde ohnmächtig werden. Zweimal hatte er schon geatmet. Werner biss die Zähne zusammen und stieß mit einem Ruck seinen Oberkörper nach oben. Der Schmerz war überall. Er schrie ihn hinaus und sog den Schwefel tief ein.

Werner riss die Augen auf, blickte nach oben, wo von ganz weit entfernt ein schwaches Licht leuchtete, er spürte seine Sinne schwinden, was ihn auf eine seltsame Art und Weise erleichterte. Sein aufgerichteter Oberkörper kam ins Taumeln und fiel auf die Seite. Werner hatte sein Maximum an Atemzügen verbraucht. Er wurde unendlich müde. Seine Augen fielen ihm zu. Er dachte an Gisela und an den Opel Kapitän P 2,6. Mit dem letzten Rest Sauerstoff, der sich noch in seinen Lungen befand, murmelte er: »She loves you, yeah, yeah, yeah!«

Werner lag im Sterben, aber dennoch verspürte er keine Angst. Einen kurzen Moment war ihm, als höre er das Geräusch des anfahrenden Förderkorbes über sich, und ein kleiner Funken Hoffnung auf Rettung glühte in seinem Herzen auf. Dann vernahm er ganz deutlich eine Männerstimme:

»Verdammte Scheiße. Wo bin ich denn hier hingeraten? Das ist ja alles beschissen dreckig hier.«

Werner öffnete seine bleischweren Augenlider. Schemenhaft sah er jemanden auf sich zukommen, dessen Stimme ihn an irgendetwas erinnerte.

»Wieso muss mir immer so ein Mist passieren? Ach du Scheiße! Da liegt ja jemand. Bist du das, Ringo? Verdammte Kacke, wie siehst du denn aus, män?«

Werners müde Augen sahen einen Mann auf ihn zustolpern. Der zerklüftete Boden bereitete ihm einige Schwierigkeiten, besonders, da er barfuß war und nur einen Pyjama trug. Der Mann fluchte leise vor sich hin, und als er ihn wieder direkt ansprach, wusste Werner, wessen Stimme das war.

»Hey, du bist ja gar nicht Ringo! Wer bist du, män?«

»Ich bin Werner«, antwortete Werner und wusste nicht, worüber er sich mehr wundern sollte. Darüber, dass John Lennon in einer tausenddreihundert Meter tiefen Schwefelblase im Schlafanzug vor ihm stand, oder darüber, dass er plötzlich reden, atmen und sich schmerzfrei bewegen konnte.

Werner setzte sich auf und rieb sich die Augen. »Bist du John Lennon?«

»Na klar! Verdammt, weißt du, wo ich hier bin und wie ich aus dieser Scheiße wieder rauskomme?«

»Wir hocken in einer Schwefelblase unter Tage, und da du im Schlafanzug bist, vermute ich mal, dass du träumst.«

John Lennon setzte sich neben Werner auf den Boden und machte einen nachdenklichen Eindruck.

»Was hast du in meinem Traum zu suchen, män?«

»Hab keine Ahnung.«

Werner erzählte John Lennon in knappen Worten, wie er selbst in dieses Loch hineingeraten war.

Der Beatle hörte sich alles sehr aufmerksam an, schaute dann nach oben und schob die Unterlippe vor. »Ach, scheiß drauf! Weiß der Henker, was ich mir hier gerade wieder für ein Zeugs zusammenträume. Hey, Werner, män, du hast echt Ähnlichkeit mit Ringo, weißt du das?«

»Ja, dat sagt meine Gisela auch immer.«

»Gisela?«

»Mein Baby.«

»Oh! Es ist schön, jemanden zu haben, nicht wahr? Jemanden, der zu einem gehört. So wie meine Cynthia zu mir gehört. Ich bin verheiratetet, weißt du? So ein sicherer Hafen ist schon cool. Leider habe ich viel zu wenig Zeit für sie. Manchmal kotzt es mich schon an.«

»Wat laberst du denn da? Et kann doch unmöglich zum Kotzen sein, zu den Beatles zu gehören? Ey, ihr seid berühmter als … als … als wat weiß ich … als Jesus Christus.«

»Hey, das gefällt mir. Berühmter als Jesus Christus. Den Spruch merk ich mir, män. Mit so einem Satz kann man sicher gut Spießer erschrecken. Sag mal, Werner, du bist so ein richtiger Malocher, stimmt's?«

»Jau! Man muss halt sehen, wo man bleibt. Ich wär auch lieber reich und berühmt wie du. Allerdings glaub ich, dat würde meiner Gisela gar nich gefallen, wenn sich mir andauernd Mädchen an den Hals schmeißen würden. Die ist eifersüchtig wie en Perser. Ey, John, sach ma, wie isset so, ein großer Star zu sein?«

»Auf Dauer weniger schön, als man glaubt, män. Ruhm ist eine merkwürdige Sache. Jeder küsst dir den Arsch, alle lieben dich, das ist toll, män, doch am Ende des Tages hockst du dann allein in irgendeinem scheiß Hotelzimmer und vermisst deine Frau. So ist es, män. Und dann ziehst du einen Joint durch und kriegst einen merkwürdigen Traum von schwarz gefärbten weißen Männern in einer Schwefelblase. Das Leben ist verrückt, das sag ich dir.«

»Dat is wahr. Aber allet, watte brauchs im Leben, is Liebe. Is doch auch wahr, oder nich?«

John Lennon lächelte nachdenklich und summte dabei eine kleine verträumte Melodie, die sich ungefähr so anhörte wie: Da-dadadada.

Die Zeit spielte keine Rolle mehr da unten in der Schwefelblase, in der die beiden hockten, der eine im Pyjama, der andere in Püttklamotten. Im Traum können Tage nur Sekunden dauern und Sekunden eine Ewigkeit bedeuten.

Irgendwann hörte der Beatle zu summen auf und fragte Werner: »Wirst du sterben?«

»Vielleicht bin ich schon tot.«

»Müsste ich dann nicht auch tot sein?«

»Keine Ahnung.«

»Fände ich total scheiße, wenn wir tot wären. Erzähl mir von dir, män! Was treibst du so, wenn du nicht gerade in meinem Traum herumspukst?«

»Ich spar aufen Opel Kapitän P 2,6.«

»Ist bestimmt eine tolle Karre!«

»Dat isse. Dafür maloch ich echt hart. Aber sonntags gehe ich mit meiner Gisela oft im Kino oder zum Tanztee innen Grugapark. Dat Übliche halt. Und hier aufen Pütt bin ich so eine Art Held. Man nennt mich Werner den Teufer. Den Namen hab ich mir verdient, weil ich Maloche mache, die sich sonst keiner traut.«

»Werner der Teufer, cool! Noch dazu ein Held. Ein Held der Arbeit. Das ist doch was, män. Darauf kannst du stolz sein. Hey, das wäre doch ein geiler Refrain: A working class hero is something to be.«

»Jau, klingt gut. Wird auch Zeit, dat ma einer en Song über uns Malocher schreibt. Versprichse dat?«

»Klar, Werner. Eines Tages schreib ich einen Song über dich, män. Versprochen!«

Plötzlich fühlte Werner, wie ein Ruck durch seinen Körper ging. Es kam ihm vor, als würde irgendetwas mit ungeheurer Kraft an ihm zerren. Er blickte hilfesuchend herüber zu John Lennon, der überrascht schaute und ihm die Hand reichte. Werner wollte sie greifen, sich an ihr festhalten, doch so sehr er sich auch streckte, die helfende Hand blieb für ihn unerreichbar. Die Augen des Beatle blickten ihn traurig an.

Schließlich sagte John Lennon: »Werner der Teufer, war nett, dich kennenzulernen. Ich hoffe, du wirst leben, män, und wenn nicht, vergiss nie: Wir alle scheinen für immer, wie der Mond und die Sterne und die Sonne. Hey, das klingt gut, oder?«

Vor Werners Augen wurde John Lennon, während er sprach, immer kleiner. Er sah, wie er aufstand, den Staub von seine Pyjamahose abklopfte und sich anschickte zu gehen. Einen Wimpernschlag später tauchte aus dem gelben Nebel hinter John Lennon ein Mann auf und schrie den Beatle fragend an: »Mr. John Lennon!?« Der Angesprochene drehte sich überrascht um, im selben Moment gab es einen lauten Knall, und John Lennon brach zusammen.

Werner spürte, wie sein Magen sich verkrampfte und er würgen musste und das auch tat, aber nichts hochkam, das er hätte ausspucken können. Der Würgereflex wurde immer stärker, und dann endlich öffnete er den Mund und schrie, so laut er konnte: »Jooohn!?«

Doch der krümmte sich am Boden und hob schützend die Hand, während der Mann mit ausgestrecktem Arm vor ihm stand und es in kurzen Abständen noch viele Male knallte. Werner strampelte mit allen Gliedmaßen, wollte sich darauf zu bewegen, wollte helfen, schrie hinunter: aufhören! Aber mit jeder Bewegung entfernte er sich weiter von dem Geschehen, und wieder presste unvermittelt etwas mit aller Gewalt seine Magenwände zusammen, bis es ihm endlich hochkam, er die Augen schloss und auskotzte, was in ihm drin war.

Als Werner seine Augen wieder öffnete, sah er seinen Mageninhalt hinabfallen bis in die kleine Öffnung ganz, ganz unten, hinter der es gelblich schimmerte. Er atmete tief ein, und seine Lunge ächzte wie ein stumpfer Hobelmeißel im Streb. Seine Brust drohte jeden Moment explodieren zu wollen, als der Sauerstoff auf den Schwefel in seinem Körper traf. Dazu schien sein Kopf in einem Schraubstock zu stecken, so groß war der Druck auf seinen Schädel, und hinten am Rücken tat eine Stelle höllisch weh. Das Loch unter ihm wurde kleiner und kleiner, bis es nur noch groß wie ein Nadelöhr war. Die Schachtwände sausten an ihm vorbei, immer schneller und schneller, so dass er Angst bekam und versuchte, sich möglichst nicht zu bewegen. Wie unter Schock flüsterte er den immer gleichen Satz: »John Lennon ist erschossen worden.« Von irgendwo über ihm antwortete eine Stimme: »Allah o akbar!« Dann wurde Werner ohnmächtig.

Schachthammer Ali war an jenem Tag zum Helden geworden. Er hatte sich an die Kette unter dem Förderkorb gehängt, die eigentlich für die Abteufkübel gedacht war. Dem Maschinisten hatte er exakte Anweisungen gegeben: »Fahr auf Abteuftiefe und sofort wieder rauf. Nix zögern. Es geht um Arsch von zwei Kumpel.« Unter Einsatz seines Lebens war er, frei unter dem Korb baumelnd, hinabgefahren. Als seine Beine in die Schwefelblase eintauchten, hatte er die Luft angehalten und war gesprungen. Trotz der Atemschutzmaske, die er trug, biss ihn der Schwefel in Augen und Ohren. Er packte den bewusstlosen Werner mit einer Hand hinten am Gürtel, schnappte sich mit der anderen die Abteufkette, und bevor ihm die Luft ausging, zog der Korb an. Tausenddreihundert Meter, bis nach über Tage, hielt Ali durch.

Nach seiner eigenen Aussage hatte ihm Allah die Kraft und den Mut für sein Handeln geschenkt.

Werner der Teufer wurde nach seiner Bergung aus Schacht 3/10 ins St. Vincenz-Krankenhaus in Stoppenberg gebracht. Die Ärzte diagnostizierten bei ihm ein gebrochenes Steißbein, verursacht durch den Sturz, und multiple Verätzungen in der Lunge, verursacht durch das Einatmen reinen Schwefelgases.

Laut Unfallbericht war er fast zehn Minuten ohne Atemschutz in der Blase gewesen. Eigentlich hätte er tot sein müssen. Und die Tatsache, dass er es nicht war, bedeutete, dass er mehrere Minuten nicht geatmet hatte, also eigentlich doch tot gewesen war. Das Anziehen des Förderseils hatte ihn dann mit einem Ruck wiederbelebt.

Es passiert nicht selten, dass Menschen, die zurück ins Leben geholt wurden, danach ins Koma fallen. Werner war so einer.

So verschlief Werner den Tag, an dem John Lennon tatsächlich nach Essen kam. Im Juni sechsundsechzig spielten die Beatles einen Abend in der Grugahalle.

Gisela war dort und hat Werner danach sofort besucht, um ihm alles zu erzählen. Sie kam regelmäßig zu ihm und spielte ihm die neuesten Alben der Beatles vor. So sehr hoffte sie, dass die Musik seiner Lieblingsgruppe zu ihm durchdringen und ihn zurückholen würde aus seiner Dämmerung. Aber weder Help noch Rubber Soul noch Revolver und auch nicht Sergeant Pepper's schafften das.

Auf den Tag genau ein Jahr nach dem legendären Konzert in der Grugahalle lief im Fernsehen die erste weltweit ausgestrahlte Live-Sendung überhaupt. Es war eine Show mit Namen »Our World«. Extra für diese Übertragung hatten die Beatles ein neues Lied komponiert, das sie dann live vor vierhundert Millionen Menschen an den Bildschirmen spielen wollten. Gisela hatte sich einen kleinen transportablen Fernseher geliehen und war damit zu Werner gefahren, der zu dieser Zeit im St Barbara-Bergmannsheim auf der Margarethenhöhe gepflegt wurde. Sie wollte unbedingt, dass er dabei war, wenn seine Fab Four Geschichte schrieben.

Gisela hielt Werners Hand und weinte während der Übertragung, weil es ihr das Herz brach, dass ihr kleiner Ringo reglos dalag und das alles nicht sehen und nicht hören konnte. Vielleicht trug auch das Lied dazu bei, dass ihr so melancholisch zu Mute war. Sie fragte sich, ob Werner der neue Stil der Beatles wohl gefallen würde. Er kannte sie ja nur als Pilzköpfe, nicht als ausgewachsene Hippies. Aber das Lied war so schön. Er würde es einfach mögen müssen. Es hatte eine einfache Melodie und traf einen doch mitten ins Herz.

Beim dritten Refrain sang Gisela leise mit und tippte mit ihren Fingern im Takt auf Werners Handballen: »All you need is love.«

Sie bekam fast einen Herzinfarkt, als Werners Finger plötzlich zurückklopften: Da-dadadada.

Während der Anwärter die Geschichte erzählte, hatte ich mich auf die Treppe gesetzt, weil es in meinem Rücken hämmerte und ich im Sitzen zwar nicht mehr in den Hohlraum sehen, aber dennoch jedes Wort verstehen konnte. Mir persönlich hat die Geschichte von dem verunglückten Bergmann an sich ganz gut gefallen, wenngleich ich das mit John Lennon natürlich für ausgemachten Humbug halte. Ich glaube nicht an Erscheinungen und Hellseherei und solch einen Quatsch. Das ist doch alles nur Hokuspokus.

Nachdem der Mann seine Erzählung beendet hatte, herrschte unter der Zweigertbrücke eine Weile Stille. Neugierig rappelte ich mich hoch, bis ich wieder etwas sehen konnte. Die Wahren Chronisten saßen immer noch im Schneidersitz auf dem Boden. Der Anwärter hatte sich seinen Trenchcoat inzwischen übergezogen und blickte gespannt auf die vor ihm sitzenden Gestalten herunter. Die sahen sich nicht an und sprachen nicht miteinander. Unter ihren Kapuzen rührte sich nichts. Endlich brach der Wortführer, wohl so etwas wie der Chronistensprecher, mit eiskalter Stimme sein Schweigen:

»Interessante Geschichte. Aber wenig glaubhaft.«

Wie Schatten sprangen die anderen fünf Kapuzenmänner daraufhin lautlos auf und stürzten sich auf den Anwärter. Das Gerangel dauerte nur wenige Sekunden. Fünf gegen einen, da hatte der Anwärter keine Chance. Vier drückten ihn zu Boden, jeweils zwei an den Beinen und an den Armen. Der fünfte packte ihn mit einer Hand am Hals und fingerte ihm mit der anderen im Mund herum. Der arme Mann röchelte und spuckte und zappelte, aber alles vergebens. Der Kapuzenmann bekam seine Zunge zu fassen und zerrte sie ihm aus dem Mund.

Dann sah ich, wie der Chronistensprecher sich langsam aus dem Schneidersitz erhob. Aus den weiten Zaubererärmeln seines Umhangs schnellte die Geflügelschere hervor. Im Licht des Feuers blitzte die blanke Klinge auf, und während er damit in die Luft schnitt, als würde er das Schneiden üben, zischte er zornig:

»Im ganzen Ruhrgebiet wimmelt es nur so von Propheten und Visionären. Jeder hier, der einen komischen Traum hat, glaubt, eine göttliche Eingebung zu haben. Es gibt hier einfach zu viele abergläubische Katholiken. Meinst du nicht, Anwärter, ein Mann wie John Lennon hätte der Welt von so einem inspirierenden Traum erzählt? Nur er wäre ein glaubhafter Zeuge für deine Geschichte.«

Mit einem Satz sprang der Chronistensprecher auf den am Boden liegenden Mann, hockte sich auf dessen Brust. Vier seiner Kollegen hielten ihn immer noch fest, der fünfte zerrte immer noch an der Zunge. In der rechten Hand hielt der Sprecher die Geflügelschere über seinem Kopf, schien zu zielen, und in einer blitzartigen Bewegung ließ er die Schere nach unten schnellen …

Entsetzt wendete ich den Blick ab. Mir sackten die Knie weg, und ich prallte mit dem Hintern auf die Steinstufen der Treppe. Ich spürte nichts dabei, obwohl mein Rücken beim Aufprall ganz sicher höllisch geschmerzt haben muss. Ich stand unter Schock.

Ich weiß nicht, wie lange ich dagesessen und vor mich hin gestarrt habe. Irgendwann fiel mir auf, dass unten im Hohlraum kein Mucks mehr zu hören war. Niemand schrie, keiner röchelte, kein Mensch protestierte. Als wäre unter der Zweigertbrücke überhaupt nichts geschehen. Mir kam der Gedanke, dass die Chronisten dem Anwärter vielleicht nur Angst gemacht und ihm seine Zunge gar nicht abgeschnitten hätten. Denn sonst müsste da unten doch irgendein Geräusch zu hören sein.

Allmählich löste sich mein Schockzustand, und ich beschloss nachzusehen. Mein Rücken schmerzte höllisch, als ich meinen Oberkörper leicht zur Seite drehte, um nach dem Geländer greifen zu können. Es fiel mir unglaublich schwer, mich hochzuziehen, ohne dabei vor Schmerzen aufzuschreien.

Unten wurde bereits der nächste Anwärter zum Feuer geführt. Von einem Mann in Anzug und mit Krawatte, aber ohne Zunge war nichts zu sehen. Nur einige dunkle Flecken auf dem Boden nahe am Feuer, dort, wo sie auf ihm gelegen hatten; aber ich wusste nicht mehr so genau, ob die nicht vorher auch schon dagewesen waren. Um sicher zu gehen, dass nicht doch in irgendeiner dunklen Ecke ein blutender Mann lag, inspizierte ich mit zusammengekniffenen Augen den gesamten Hohlraum. Alles, was mir auffiel, war, dass hinter dem verrosteten Versorgungsrohr nur noch sechs Beine zu erkennen waren. Am Anfang waren es zehn gewesen, und zwei waren gerade auf dem Weg zum Feuer. Also konnte der erste Anwärter auch nicht wieder hinter das Rohr getreten sein.

Der zweite Anwärter war deutlich jünger als der erste. Er trug eine Baseballmütze, Turnschuhe und eine dieser Jeans, bei denen oben die Unterhose rausguckt und der Schritt in den Kniekehlen hängt. Ihm war nicht anzusehen, ob er das Verschwinden seines Vorgängers bemerkt hatte. Lässig die Arme in die Hüften gestemmt, stand er vor den Kapuzenmännern und grinste frech. Er spitzte den Mund und nickte nur leicht, als der Chronistensprecher ihn fragte:

»Du kennst die Regeln?«

Wie auf Kommando setzten sich die Chronisten alle gleichzeitig wieder im Schneidersitz auf den Boden. Nur der junge Mann blieb stehen. Er fuhr sich mit der Hand über den Mund, dann fing er an zu erzählen:

Die Norbert'sche Relativität

Ich kenne Norbert seit meiner frühesten Kindheit. Wir sind gewissermaßen zusammen aufgewachsen, nur dass ich drei Jahre jünger bin als er. Wir waren nie wirklich Freunde oder so was, eher Nachbarskinder. Meine Mutter zwang mich oft, mit ihm zu spielen, weil es sonst keiner tat. Ich nörgelte und zeterte dann immer rum, aber sie ließ nie locker. Sie hatte Mitleid mit dem Jungen, was ich dann ausbaden durfte.

Norberts Problem war, dass er leider komplett leer ausgegangen war, als im Himmel die Klugheit verteilt wurde. Vermutlich hatte er da gerade in der Nase gebohrt oder sich in den Schritt gekniffen, jedenfalls waren das Angewohnheiten, die er bis ins Erwachsenenalter hinein konsequent beibehielt. Es ist leicht vorstellbar, dass ein normal entwickeltes Kind keinen Spaß daran findet, mit jemandem seine Zeit zu verplempern, der nicht einmal die Mau-Mau-Regeln begreifen kann und als Sechsjähriger noch glaubt, jemand, den er nicht sehen kann, könnte ihn auch nicht sehen. Mit so einem Verstecken zu spielen, kann selbst einen Dreijährigen echt verrückt machen. Ich würde aber nicht so weit gehen und behaupten, dass Norbert der dämlichste Mensch auf der Welt ist – es gibt einfach zu viele Idioten auf diesem Planeten –, aber im Ruhrgebiet nimmt er in dieser Rangliste garantiert einen der vordersten Plätze ein, was ihn – weltweit gesehen – zumindest konkurrenzfähig macht.

Nun hatte Norbert das Glück, in eine wohlhabende Familie hineingeboren zu werden. Sein Vater hatte in den Achtzigern eine Menge Kohle mit Autozubehör verdient; Spoiler, Chromfelgen, Fuchsschwänze und son Zeug. Damit konnte es sich die Familie leisten, im Brucker Holt in Essen-Schuir ein Haus direkt neben unseres zu bauen. Hier wohnt nur, wer es zu was gebracht hat im Leben. Natürlich gefiel es seinen Eltern nicht besonders, dass ausgerechnet sie so einen Blödmann in die Welt gesetzt hatten; aber man kann es sich eben nicht aussuchen, und Norberts Erzeuger ließen nichts unversucht, um der geistigen Störung ihres Filius auf die Spur zu kommen. Sie scheuten weder Kosten noch Mühen, konsultierten die besten Experten, nur um am Ende festzustellen, dass Norbert keine körperlichen Beeinträchtigungen aufwies, sondern lediglich ein gewaltiges Brett vor dem Kopf hatte; und gegen Dummheit ist nun mal kein Kraut gewachsen.

Schon im Windelalter schickten sie ihn zu den besten Neurologen, Psychologen, Therapeuten und Heilpraktikern. Geld spielte keine Rolle. Sie hätten ihn auch bei einem Voodoopriester zur Sprechstunde angemeldet, wenn sie sich davon Erfolg versprochen hätten. Was die Ärzte hauptsächlich mit dem kleinen Norbert anstellten, war, seinen IQ zu testen. Immer wieder wurde seine Intelligenz auf die Probe gestellt. Angefangen hat es damit, dass er geometrische Formen zuordnen musste. Er hat bei so vielen Ärzten so oft versucht, das Dreieck, das Quadrat und den Kreis in die jeweils passende Form zu stecken, dass selbst er irgendwann Erfolg dabei hatte. So ging es ihm schließlich mit jedem IQ-Test. Durch ständige Wiederholungen beherrschte er sie alle irgendwann im Schlaf. Dummerweise schöpften seine Eltern genau daraus Hoffnung und schickten ihn weiter von Arzt zu Arzt.

In den Kindergarten kam Norbert mit fünf, und das auch nur, weil sein Vater der gesamten Einrichtung neues Spielzeug spendiert hatte. Eigentlich war er geistig noch nicht so weit entwickelt, dass er es schon mit Dreijährigen hätte aufnehmen können, aber da er sonst ein absolut friedfertiger Junge war, der niemandem etwas zuleide tat, wurde ein Auge zugedrückt.

Im Alter von neun kam Norbert in die Grundschule. Bis dahin konnte er alle Psychotests für Null- bis Sechsjährige auswendig. Seine Eltern träumten damals tatsächlich noch davon, den Idioten eines Tages aufs Gymnasium schicken zu können; dafür war sein Vater sogar gegen seine Überzeugung in die SPD eingetreten, um im städtischen Schulausschuss ein wenig Lobbyarbeit für seinen beknackten Sohn zu betreiben. Aber Norbert schaffte nicht einmal die Grundschule. Es dauerte allein zwei Jahre, bis er begriff, dass eine Schulstunde nur fünfundvierzig Minuten dauert, wo er doch gerade erst so mühsam das mit den sechzig Minuten kapiert hatte. Hätten sie ihm in der Schule Psychotests statt Rechenaufgaben vorgelegt, wäre er der Klassenprimus gewesen, aber so blieb er, dank der Lobbyarbeit seines Vaters, sechs Jahre auf der Grundschule, bis man ihn endlich mit fünfzehn auf eine Hauptschule schickte.

Im Gegensatz zu seinen geistigen Fähigkeiten entwickelte Norbert sich körperlich prächtig, was ihm auf der Hauptschule sehr gelegen kam. Schon zu Beginn der fünften Klasse hatten seine Schulkameraden spitzbekommen, was Norbert für ein Schwachkopf war, und wie Kinder nun mal so sind, fingen sie an, ihn wegen seiner Dummheit zu hänseln. Vor allem in den Pausen auf dem Schulhof nahmen sie ihn aufs Korn und gaben ihm Spitznamen wie Vollpfosten, Schwachmat oder Pissnelke. Das trauten sie sich, obwohl Norbert mit seinen fünfzehn Jahren bereits eine echt imposante Erscheinung war, was Größe, Kraft und so anging. Aber wie bereits erwähnt, war Norbert ein friedfertiger Junge, dem Gewalt völlig fremd war. – Bis zum letzten Schultag vor den Herbstferien, da platzte ihm der Kragen.

Es war einer aus der Neunten, der es zu weit getrieben hatte. Der Bursche hatte mit seinen Kumpels gewettet, dass er sich trauen würde, dem Vollpfosten seine Käsestulle ins Gesicht zu drücken, was er dann auch tat. Später hielt man Norbert zu Gute, dass er rein instinktiv und nicht vorsätzlich gehandelt habe, was ihm letztlich einen Schulverweis ersparte. Die Eltern des Bengels aus der Neunten fanden, Norbert gehöre weggesperrt, weil er gemeingefährlich sei, aber es gab Dutzende von medizinischen Gutachten, die genau das Gegenteil besagten. So kam Norbert mit einer Verwarnung und der Auflage davon, sollte er jemals wieder einem Mitschüler in die Nase oder in irgendein anderes Körperteil beißen, würde er von der Schule fliegen. Norbert biss nie wieder irgendjemandem in irgendein Körperteil, was nicht zuletzt daran lag, dass nach dem Vorfall mit dem Jungen aus der Neunten kein anderer Schüler mehr Bock hatte, sich mit Norbert anzulegen. Zu lange noch konnte man bei dem aus der Neunten ganz deutlich Norberts Zahnabdrücke auf den Nasenflügeln erkennen. Und das Großmaul selbst war heilfroh, dass Norbert ihm seinen Zinken nicht ganz abgebissen hatte.

Im zweiten Jahr war Norbert der Einzige in der fünften Klasse, der schon Haare am Sack hatte und einen dünnen Flaum am Kinn trug. Um Ostern herum bekam er einen Wachstumsschub, da war er gerade sechzehn geworden, maß jetzt über einen Meter neunzig und wog fast hundert Kilo. Seine körperliche Erscheinung war schon damals so hünenhaft, dass sich auch Erwachsene nicht mehr trauten, ihn als blöd, dämlich oder als einen geistigen Tiefflieger zu beschimpfen. Norbert hatte seine Ruhe und ruhte in sich. Ich persönlich glaube ja, dass sein permanentes Nasebohren so eine Art Meditationsritus ist. Mit dem Finger in der Nase fühlt er sich geborgener. Im Grunde können seine Eltern froh sein, dass sie ihm den Schnuller und das Daumenlutschen abgewöhnen konnten, sonst würde er ständig nuckeln, anstatt zu bohren, was seiner Gesamterscheinung ganz sicher nicht zum Vorteil gereichen würde.

Was das Schulische anging, verstand Norbert nur Bahnhof. Ob in Mathe, Englisch, Chemie oder Erdkunde; selbst in Religion war er die totale Pfeife. Allein die fünfte Klasse wiederholte er zweimal, bevor Frau Hoppe, seine Klassenlehrerin, sich das Elend nicht mehr mit ansehen konnte und in der Lehrerkonferenz durchsetzte, dass der Junge für sein letztes

Pflichtschuljahr in die Sechste ging. Am Ende seiner Schulzeit war Norbert neunzehn Jahre alt, bohrte immer noch in aller Öffentlichkeit in der Nase und zwickte sich andauernd im Schritt. Was seine Fortschritte mit den Intelligenztests betraf, so bestand er mittlerweile alle Aufgaben für Fünfzehnjährige ohne größere Probleme. Also hinkte er nur vier Jahre seiner geistigen Entwicklung hinterher, könnte man meinen – in Wahrheit aber war er höchstens auf dem Stand eines Zwölfjährigen, der nun dem Arbeitsmarkt zu Verfügung stand.

Natürlich ging Norbert nicht in die Lehre. Stattdessen schickten ihn seine Eltern auf eine Ärztetournee um den halben Globus. Wieder machte er Tests, wieder klebte man ihm Elektroden an die Schläfe, wieder stellte man ihm Fragen über Fragen, und selbst der beste Neurologe der Welt, eine Koryphäe aus Florida, der ihn auf Herz und Verstand getestet hatte, kam nur zu demselben Ergebnis wie seine weniger brillanten Kollegen vor ihm: Sorry, no physical defects. Norbert is just a natural born idiot!

Etwa zwei Jahre später traf ich Norbert zufällig auf der Straße wieder. Wir hatten uns seit unseren Kindheitstagen kaum gesehen. Er war ständig unterwegs zu irgendeinem tollen neuen Arzt und ich hatte mein Leben. Wie das halt so ist, Nachbarskinder verlieren sich irgendwann aus den Augen, bleiben aber dennoch dank des Nachbarschaftstratsches immer auf dem Laufenden darüber, was der andere gerade so treibt. Ich war dabei, mein Abitur zu machen, und wollte im Wintersemester anfangen, Biologie zu studieren, als er mir eines Abends über den Weg lief. Er stand am Straßenrand im Lichtkegel einer Laterne vor dem Haus seiner Eltern und bohrte in der Nase. Es war spät, fast halb elf, und ich wunderte mich, ihn dort stehen zu sehen.

»Nobby, bist du das?«

Er zwickte sich im Schritt und drehte sich zu mir um. Ich traute meinen Augen kaum. Norbert war zu einem richtigen Modellathleten herangewachsen. Bestimmt zwei Meter groß, breite Schultern, schmale Hüften. Sein Gesicht war markant, die Haare kurz. Er musste in letzter Zeit gut trainiert haben. Ich konnte mein Staunen nicht verbergen:

»Ey, Mann, du siehst aus wie Arnie Schwarzenegger. Machst ordentlich Bodybuilding, was?«

Norbert nickte mit dem Finger in der Nase.

»Hab gehört, du warst auf Welttournee in Sachen gute Ärzte und so?«

Wieder nickte er.

»Hat's was gebracht?«

Norbert wackelte mit dem Kopf, wobei ihm der Finger aus der Nase rutschte. Er nutzte die Gelegenheit, um sich in den Schritt zu kneifen, dann sagte er:

»Hab viele neue Tests gelernt.«

Irgendwie tat er mir leid, und ein wenig schämte ich mich auch für meinen kindlichen Egoismus damals, als meine Mutter mich hatte zwingen müssen, mit ihm zu spielen. Ich sah zum ersten Mal nicht den Blödmann Norbert vor mir, sondern ein einundzwanzigjähriges Riesenbaby, das keine Freunde hatte und deshalb abends allein auf der Straße rumstand. Es ist gut möglich, dass ich das Gewissen von meiner Mutter geerbt habe, jedenfalls veranlasste es mich dazu, mir Zeit für Norbert zu nehmen.

»Haste Lust, ein bisschen zu laufen?«

Seine Reaktion auf meine Frage war ein Paradebeispiel dafür, dass auch Idioten, wenn sie etwas lange genug üben, zu Erstaunlichem fähig sind. In der Abwärtsbewegung seines Kopfes beim zustimmenden Nicken fing er in einer absolut fließenden Bewegung seinen linken Zeigefinger mit dem rechten Nasenloch ein und unterstützte mit ihm die folgende Aufwärtsbewegung seines Kopfes. So geschmeidig kriegen das nicht viele hin.

Wir spazierten runter zum Wolfsbach, und ich erzählte ihm unterwegs von meinen Problemen mit den Frauen und dem Stress mit dem Abi und son Zeug. Ich wollte ihm zeigen, dass auch andere, klügere Leute es nicht so leicht haben. Norbert sagte die ganze Zeit über kaum ein Wort. Ab und an mal ein Aha oder ein Soso, mehr kam nicht von ihm. Ich fragte ihn nach seinen Zukunftsplänen, aber er zuckte nur mit der Schulter.

Die Gegend in Schuir ist echt schön. Felder, Wiesen, keine Straßen, nur Wege, das Wetteramt, eine Sternwarte; ländlich halt, mit Anbindung an eine Großstadt. Der Mond schien hell in jener Nacht und beleuchtete den kleinen Pfad, den wir entlangschlenderten. Neben uns plätscherte der Wolfsbach ruhig vor sich hin. Ich war gerade dabei, Norbert zu erklären, warum ich Biologie studieren wolle, weil mich nämlich die genetische Konditionierung des Menschen so fasziniert und allein in der DNS begründet ist, warum der eine schlauer und der andere dümmer durchs Leben geht, als wir plötzlich in unmittelbarer Nähe erst ein Zischen und dann ein Brummen hörten.

Norbert rammte sich vor Schreck den Finger bis zum zweiten Knöchel in die Nase, und mir blieb fast das Herz stehen. Das Zischen war nur ein kurzes Geräusch, das dumpfe Brummen aber wurde immer stärker, wie bei einem Hochspannungsdraht, auf den immer mehr Saft gegeben wird. Wir sahen uns erschrocken um. Ich dachte, vielleicht ist es ein Tier, aber in Essen-Schuir gibt es weder Löwen noch Grislibären oder irgendwelche anderen Viecher, die so tief brummen können.

Dann ging alles sehr schnell. Das brummende Geräusch verstummte abrupt, und im selben Augenblick durchzuckten blaue Blitze unmittelbar um uns herum die Nacht. Sie entstanden direkt über unseren Köpfen und schlugen neben uns in den Boden ein. Einer nach dem anderen und in immer kürzer werdenden Abständen formten sie eine blaue Halbkugel, in deren Mittelpunkt wir uns befanden. Dann begann die Erde zu beben, und wir kamen ins Trudeln. Norbert packte mich und drückte mich fest an sich, was uns beiden mehr Stabilität verlieh.

Begleitet von einem schmatzenden Geräusch, gab es plötzlich einen fürchterlichen Ruck, der den ganzen Untergrund in Bewegung setzte, und ich kapierte, dass sich der Boden unter unseren Füßen komplett anhob. Norbert ließ mich überrascht los und sah staunend, was um uns herum passierte. Sanft, wie auf Engelsflügeln, erhoben wir uns samt dem Stück Boden hinauf in die Nacht. Wir blickten auf Schuir, die Dächer im Brucker Holt, sahen in der Ferne schon die Lichter der Innenstadt und stiegen immer weiter und immer schneller auf. Es war keineswegs angsteinflößend, irgendwie hatte ich die ganze Zeit über das Gefühl, sicheren Boden unter den Füßen zu haben. Binnen Sekunden erkannte ich tief unter mir die Umrisse Europas, und die drei Lichtquellen, die in der Dunkelheit erstrahlten, mussten rein geographisch London, Paris und das Ruhrgebiet sein.

Ich sah hinüber zu Norbert, der ganz ruhig dastand und grinsend in der Nase bohrte.

Beim Eintritt in die Atmosphäre konnte ich erkennen, dass unser Flugobjekt die Form einer Kugel besaß. Stumme Flammen stürmten wütend gegen die Hülle an, denen sie geradezu mühelos standzuhalten schien. Wir glitten in sanfter Stille mitten durch ein Inferno. Dann verschwanden die Flammen, und wir flogen hinaus ins Weltall. Wie mein Flugbegleiter starrte ich mit offenem Mund und großen, fragenden Augen hinaus in die endlosen Weiten des Universums.

Ganz weit hinten, vermutlich Trilliarden von Lichtjahren entfernt, fing ein Stern oder eine Galaxie oder was weiß ich, was das war, jedenfalls fing irgendetwas dort draußen an, in allen Farben des Lichtspektrums zu pulsieren. Ich konnte den Blick nicht davon wenden; es war, als hätte ich gewusst, dass dieses Ding unsertwegen leuchtete – und so war es dann auch.

Ich zwinkerte einmal, zwinkerte ein zweites Mal, und schon befand sich unsere Kugel direkt im Ursprung der Lichtquelle. Ich schaute mich um und sah die letzten bunten Pulsschläge hinaus ins All jagen. Ein blauer Planet war nirgends zu erkennen.

»Ich muss mal«, sagte Norbert.

Ich nickte nur.

»Ganz dringend«, quengelte er.

»Dann strull doch da hin.«

»Und wenn mich jemand sieht?«

Ich drehte mich zu ihm um und sah, wie er sich mit beiden Händen im Schritt zwickte. Es schien wirklich dringend zu sein. So dringend, dass er sogar aufs Nasebohren verzichtete.

Ich erwähnte ja bereits, dass Norbert ein wahrer Hüne ist, deshalb war es auch überhaupt kein Problem für ihn, mich einfach zu packen und ihm vis-à-vis zu platzieren. Mit einer Hand hielt er mich eine Armlänge auf Abstand, mit der anderen öffnete er seine Hose, holte seinen Pimmel heraus und pinkelte mir auf die Schuhe.

»Ey, hör auf, mir auf die Schuhe zu pissen!«

»Halt still!«

»Ich glaub, ich spinne.«

»Nur noch abschütteln.«

Er schüttelte ab.

»Wo sind wir hier?«, fragte er erleichtert und zog den Reißverschluss seiner Hose wieder hoch.

»Keine Ahnung.«

»Sieht schön aus hier.«

»Ja.«

Von außerhalb fiel ein sanftes Licht in das Innere unserer Kugel. Ganz deutlich zeichnete sich die äußere Begrenzung unseres Flugobjektes im Gegenlicht ab.

Ich schätzte ihren Durchmesser auf etwa sechs Meter, plusminus. Wir besahen uns den safrangelben Himmel außerhalb der Kugel, dessen Licht sich am oberen Rand der Kugel brach und wie von einem Prisma vielfarbig reflektiert wurde. Es sah wirklich schön aus.

Ganz entspannt bohrte Norbert neben mir mit demselben Finger in der Nase, mit dem er gerade noch abgeschüttelt hatte. Auch ich selbst war nicht die Spur aufgeregt, noch nicht einmal ernsthaft verärgert, obwohl meine Schuhe patschnass waren. Meine Gefühle waren absolut positiv. Ich sorgte mich nicht, ich hatte keine Angst, und ich fragte mich auch nicht, was das alles zu bedeuten haben könnte. Ich genoss das Farbenspiel am Horizont und das angenehme Licht. Wie bekiffte Touristen, die zum ersten Mal in ihrem Leben einen Sonnenuntergang am Meer erleben, blickten wir fasziniert nach oben.

Es dauerte nicht lange, glaube ich zumindest, denn irgendwann war mir jedes Zeitgefühl abhandengekommen, jedenfalls nach einer Weile setzten wir uns auf das Stück Weg, das gerade noch neben dem Wolfsbach in Essen-Schuir gelegen hatte und das uns nun weit draußen im All ein Stück Heimat geworden war. Ich weiß noch genau, dass ich dachte, vielleicht sollte ich mal zum Rand der Kugel schlendern, nur um zu gucken, was sich unter uns abspielte, doch meine Beine waren schwer und mein Wille war schwach. Neben mir schnarchte Norbert bereits wie ein Klingone. Mit einem Lächeln auf den Lippen schlief ich ebenfalls ein und träumte sehr plastisch von einem Jägerschnitzel mit Pommes und Mayo.

Als ich wieder aufwachte, hatte ich einen Mordskohldampf, war ansonsten aber total entspannt. Noch bevor ich einen Blick riskierte, wollte ich mich strecken, um mein Wohlbefinden noch zu steigern, aber ich konnte kein einziges Körperteil bewegen. Überrascht schlug ich die Augen auf und wurde von einem gleißendem Licht geblendet. Ich konnte keinen Finger rühren, es war, als wäre jede Faser meines Körpers mit Weltraum-Pattex irgendwo angeklebt worden. Als endlich das Licht nicht mehr allzu sehr in meine Pupillen stach und ich schemenhaft etwas erkennen konnte, sah ich, dass Norbert links neben mir lag und sein Körper von einem blauen Laserlicht abgetastet wurde. Ich wusste nicht, ob er wach war oder schlief, aber das entspannte Gefühl, das ich eben noch empfunden hatte, war wie weggeblasen. Ich hörte ein Zischen, dem ein weiteres Zischen in einer anderen Tonlage folgte, ganz so, als würde das zweite Zischen dem ersten Zischen antworten. Dann überkam mich eine unendliche Müdigkeit, und ich schlief ein, als wenn mich jemand ausgeknipst hätte.

Etwas, das mich im Ohr kitzelte, weckte mich wieder auf. Es war gar nicht unangenehm. Erst mit der Zeit, als dieses Etwas tiefer und tiefer in meine Ohrmuschel eindrang und dabei immer mehr Raum einnahm, bis es sich förmlich hineinquetschte, beschlich mich ein unbehagliches Gefühl. Als es dann wie verrückt zu vibrieren begann, schlug ich danach, und es zog sich tatsächlich zurück. Das Nächste, was ich mit noch immer geschlossenen Augen hörte, war ein Schrei direkt an meinem linken Ohr:

»Aufwachen, du Schlafmütze!!«

Vor lauter Schreck sprang ich hoch und schlug wild um mich.

»Ganz Ruhig. Ich bin's nur. Der Norbert. Hab dir ers ma die Ohren freigepopelt, damitte mich hörn kannz.«

Ich hockte auf einer Art Tisch und versuchte mit dem Finger, das Kribbeln in meinem Ohr zu beruhigen. Mir war etwas schwindelig, wahrscheinlich von der hektischen Bewegung, und ich wollte mich mit der rechten Hand abstützen. Dummerweise saß ich am äußeren Rand des Tisches, und meine Hand griff ins Leere. Ich knallte volles Rohr auf den Boden, was Norbert lustig fand.

»Hihi, voll aufen Arsch.«

Ich rappelte mich wieder auf die Beine und rieb mir den Nacken. Der Sturz hatte wehgetan, aber ich hatte mich nicht verletzt.

Mit einem fetten Grinsen im Gesicht stand Norbert mir nasebohrend gegenüber, zwischen uns nur der Tisch, der insgesamt breit genug war, dass zwei Personen darauf hätten liegen können. In der Höhe reichte mir das Ding bis zum Hals, Norbert gerade bis zur Brust. Schon leicht angenervt, sah ich mich um. Wir befanden uns nicht mehr in der Kugel. Auch das Stück Boden aus Essen-Schuir war verschwunden. Stattdessen hielten wir uns in einem schneeweißen Raum auf, in dem nur der schwarze Tisch stand. Ich fragte meinen Reisekumpanen:

»Hast du ne Ahnung, wo wir sind oder was hier gespielt wird?«

Norbert schüttelte den Kopf.

»Seit wann bist du wach?«

Er zog die Schultern hoch.

»Geht's dir gut?«

Er schob die Unterlippe vor und nickte.

»Nimm den Finger aus der Nase. Das sieht vielleicht bescheuert aus.«

Norbert grinste übers ganze Gesicht und kniff sich mit der freien Hand in den Schritt.

Ich erinnerte mich an den blauen Laser, der Norbert abgetastet hatte, und war mir sicher, dass dieses Ding auch mich gescannt hatte. Norbert schien so weit in Ordnung, Ich fühlte mich zwar irgendwie wackelig, aber nicht krank oder so, eher wie bei einem Jetlag.

»Der Raum ist rund«, sagte Norbert und schaute an die Decke.

Ich sah mich um. Es stimmte, wir standen unter einer Kuppel, deren Wände transparent schimmerten, als wären sie aus Milchglas. Jenseits des Raumes herrschte dichter Nebel, durch den bunte Lichtblitze jagten.

»Dasselbe Prinzip wie bei der Kugel vorhin, nehme ich an.«

»Welche Kugel?«

»Mit der wir hierher gekommen sind.«

»Ach, die Kugel. Wo sind wir denn hier?«

»Halt dich fest, Alter! Ich glaub, wir sind von Außerirdischen entführt worden, die uns untersuchen wollen.«

»Cool.«

Ich sah Norbert konsterniert an und konnte nicht glauben, was ich gehört hatte. Der Blödmann hatte keine Ahnung, was das alles hier bedeuten könnte.

Leider gelang es mir nicht, es ihm in moderatem Ton zu erklären, stattdessen schrie ich ihn an:

»Cool? Du findest das cool? Sag mal, wie bescheuert bist du eigentlich wirklich? Ist deinem Spatzenhirn nicht klar, dass wir hier wahrscheinlich sterben werden? Oder glaubst du, die machen sich die Mühe und schicken uns wieder zurück? Wir sind Versuchskaninchen, Ratten in einem Labyrinth; wenn die mit uns fertig sind, dann sind wir nutzlos für die. Vielleicht haben wir ja Glück und kommen in so eine Art Zoo, in dem die uns ausstellen und begaffen. Und das findest du cool?«

Norbert blickte nachdenklich drein. Noch bevor er eine Antwort auf meine Frage fand, begann der Tisch urplötzlich zu leuchten. Neugierig gingen wir näher heran und sahen, dass die Oberfläche des Tisches sich in eine Art ultrahochauflösenden Touchscreen verwandelt hatte. Darauf sahen wir verschiedene geometrische Figuren und – etwas versetzt – Öffnungen, in die jeweils nur eine der Formen reinpasste. Ich begriff, was das darstellen sollte, und rief Norbert zu:

»Jetzt wollen die unseren IQ testen. Da machen wir nicht mit.«

Aber Norbert hatte die komplette Aufgabe schon per Drag ’n’ Drop gelöst.

»Pipi-einfach«, nörgelte er.

Ich überlegte erneut, wie ich mich verhalten sollte, und entschied mich endgültig dafür, meine Intelligenz nicht auf die Probe stellen zu lassen. So einfach würde ich es den Außerirdischen nicht machen. Stattdessen hockte ich mich auf den Boden und beobachtete Norbert, der ruckzuck einen Test nach dem anderen löste.

Immer wenn ein neuer Test auf dem Touchscreen auftauchte, sagte er:

»Kenn ich!«

Irgendwann wusste ich nicht mehr, wie ich mich noch hinhocken sollte, ohne dass mir der Hintern wehtat. Ich fing an herumzulaufen und klopfte an die durchsichtige Hülle des Raumes. Es hörte sich an wie Metall, fühlte sich aber weich und leicht klebrig an wie Zuckerwatte. Aus reiner Neugier boxte ich mit aller Kraft gegen die Hülle, wollte sehen, was passieren würde, und sollte das schnell bereuen, denn mein rechter Unterarm steckte bis zum Ellenbogen in der Zuckerwatte fest. Ich zog wie verrückt, aber er rührte sich keinen Millimeter. Ich versuchte, die Faust zu öffnen, um den Arm aerodynamischer zu machen, und stellte fest, dass ich meine Finger nicht bewegen konnte. Aus Panik geboren, kam mir die total bescheuerte Idee, mich mit dem Fuß an der Hülle abzustoßen, um so mehr Zugkraft zu entwickeln, aber natürlich steckte daraufhin mein gesamter linker Unterschenkel ebenfalls in der Zuckerwatte fest, und ich stand schön blöd da, mit dem linken Unterschenkel und dem rechten Unterarm in dieser Weltraumpampe festgeklebt. Ich verdrehte den Hals, um zu sehen, was Norbert trieb, aber der hatte gar nichts mitbekommen von meiner Zwangslage. Er löste weiter Intelligenztests und rief alle paar Minuten:

»Kenn ich!«

Nachdem ich mich etwas beruhigt hatte – und ich gebe zu, ich war ob meiner Ungeschicktheit ziemlich wütend –, besah ich mir mein Dilemma etwas genauer. Ich konnte jedes meiner feststeckenden Körperteile deutlich in der Hülle sehen. Zunächst kam mir der Gedanke, es könnte sich dabei vielleicht um so eine Art Spinnennetz oder eine chinesische Fingerfalle handeln, also etwas, das sich zusammenschnürt, je fester man daran zieht. Also probierte ich es ganz langsam. Fehlanzeige! Als nächstes versuchte ich es noch mal mit roher Gewalt. Ebenfalls Fehlanzeige! Wieder erlag ich einem heftigen Wutausbruch, bei dem ich wie ein Irrer ruckartig an meinen festklemmenden Körperteilen zog und dabei grunzte wie ein tobender Eber.

Nachdem ich mich erneut beruhigt hatte, wollte ich mir die Struktur der Zuckerwatte näher ansehen, vielleicht könnte ich unter Zug kleine Veränderungen in ihr erkennen. Ich ging mit meiner Stirn ganz nah an die Hülle heran und fokussierte mit gesenktem Kopf den Blick auf meinen linken Schuh. Dann zog ich mit Wucht an meinem eingeklemmten Bein, um zu sehen, ob mit der beschissenen Zuckerwatte etwas passieren würde, und Sie erraten es sicher schon, just in dem Augenblick, in dem ich anzog, kippte mein Oberkörper nach vorn, und ich steckte auch noch mit der halben Rübe fest.

»Fertig!«, rief Norbert keine Sekunde später und drehte sich zu mir um. Beim Anblick meiner Zwangslage bemerkte er:

»Ja, ja, und Nasebohren sieht bescheuert aus, verstehste.«

»Hilf mir!«, schrie ich ihn an.

Und das tat Norbert. Er packte mich an der Hüfte und zog mit aller Kraft an mir. Der Schmerz war wahnsinnig, als meine Schädelkalotte aus der Zuckerwatte herausgerissen wurde. Alle meine Haare, von der Stirn bis hinter die Ohren, waren wie ein Negativ meiner Frisur in dem durchsichtigen Zeugs kleben geblieben. Ich war auf den Fußboden gekracht und schrie wie am Spieß. Es fühlte sich an, als steckten in meiner Kopfhaut eine Milliarde fetter Nadeln, die bis ins Gehirn reichten und mich mit Lichtgeschwindigkeit in den Irrsinn trieben. Mein Skalp war eine einzige unsagbar tiefe Quelle des Schmerzes. Ich hätte Norbert jetzt, ohne mit der Wimper zu zucken, töten können. Ich schrie ihn aber nur an:

»Du dämlicher Hornochse! Bist du völlig durchgeknallt?«

Stoisch starrte er auf meine Haare in der Zuckerwatte und grinste mit dem obligatorischem Finger in der Nase wie ein Honigkuchenpferd.

»Haare ab! Jetzt siehste aus wie en Clown. Hihi!«

Ich flippte völlig aus. Selbst die Schmerzen konnten mich nicht zurückhalten. Ich rappelte mich hoch, rannte zu ihm rüber, sprang ihn an und hämmerte auf ihn ein, was er wohl eher lustig fand, jedenfalls fing er an zu lachen und drückte mich fest an sich, so dass ich nur leichte Hiebe auf sein breites Kreuz platzieren konnte. Für einen unbeteiligten Zuschauer hätte es sicher so ausgesehen, als wenn ich auf Norberts Arm zu einem Bäuerchen gezwungen würde. Und erst dann wurde es erst richtig peinlich für mich.

Als ich mich überhaupt nicht beruhigen wollte, legte Norbert mich kurzerhand übers Knie und versohlte mir den Arsch. Er hockte sich hin, zog mich am Ohr in die richtige Position und verdrosch mich nach Strich und Faden. Ich tobte und zappelte und strampelte, doch je mehr ich tobte und zappelte und strampelte, desto heftiger schlug Norbert zu. Irgendwann brannte mein Arsch, als hätte ich mich auf ein heißes Bügeleisen gesetzt, oder besser gesagt, auf zwei heiße Bügeleisen, für jede Arschbacke eins. Ich bin mir allerdings sicher, es waren die Wut und die Ohnmacht, die mir schließlich die Tränen in die Augen trieben und nicht mein glühender Hintern. Selbst als meine Haare rausgerissen worden waren, hatte ich nicht geweint. Aber jetzt, immer noch über Norberts Knie gebeugt, tobte und zappelte und strampelte ich nicht mehr, sondern begann zu heulen, und meine Rotze baumelte in langen Fäden aus meiner Nase.

Norbert stellte mich hin. Ich schwöre, zuerst steckte er sich den Finger in die Nase, dann schaute er traurig zu mir hoch. Ich tat ihm leid, ganz sicher, aber als er meinen halb skalpierten Schädel sah, lachte er sich wieder schlapp. Er duckte sich von mir weg, legte sich in Fötusstellung auf den Boden und lachte sich halb tot. Ich hätte ihn gerne geschlagen, sicher hätte es mir auch gutgetan, aber mir schwanden die Kräfte und ich fühlte mich wie beim Erwachen aus einem Albtraum, wenn einem das Hirn vorgaukelt, man wäre bei Sinnen, der Köper einem aber noch nicht gehorcht. Mit herunterhängenden Schultern stand ich da und sog die Rotzfäden zurück in die Nase. Es störte mich nicht, dass ein besonders hartnäckiger Schleimstreifen an meiner Oberlippe kleben blieb. Ich hatte nicht mal mehr die Kraft, den Arm zu heben und ihn mit dem Ärmel wegzuwischen.

Mein Geist und mein Körper hatten gemeinsam die weiße Fahne gehisst und bedingungslos kapituliert, als plötzlich eine sanfte Stimme erklang, die in ruhiger, tiefer Tonlage sagte:

»Sei gegrüßt, Mensch.«

Norbert stellte augenblicklich ein, sich über den Boden zu kugeln, und ich schaffte es irgendwie, meinen Kopf zu heben. Wir sahen uns an. Norbert zuckte mit den Schultern und antwortete:

»Tach auch.«

Stille.

Die Stimme war eindeutig vom Tisch gekommen. Vorsichtig bewegten wir uns darauf zu.

Ich weiß nicht, was Norbert in diesem Augenblick gedacht hat, wenn er überhaupt gedacht hat, ich für meinen Teil jedenfalls war überzeugt, gleich das Bild eines Aliens auf dem Touchscreen zu erblicken. In Erwartung von etwas Gruseligem, Horrorartigem, etwas, das in Richtung hyperintelligenten Kakerlak oder so tendiert, schlich ich gleichermaßen ängstlich wie neugierig auf den Tisch zu. Norbert muss ähnlich empfunden haben, denn auch er näherte sich dem Ursprung der Stimme sehr gemessenen Schrittes und bohrte dieses eine Mal nicht in der Nase.

Ein klein wenig waren wir beide erleichtert, als wir sahen, dass der Touchscreen schwarz war und sich die Aliens uns nicht zu erkennen gaben. Dafür redeten sie mit uns:

»Du bist eine Zierde deiner Rasse, Mensch. Wie nennt man dich?«

Irgendwie ahnte ich, dass ich nicht gemeint war.

»Norbert«, antwortete der Kerl, der mir eben gerade erst alle Haare rausgerissen und dann den Arsch versohlt hatte, mit souveräner Selbstverständlichkeit.

»Nun, Norbert, lass dir sagen, wir beobachten euch Menschen seit langem. Es scheint, als hättet ihr kürzlich einen großen Sprung in der Evolution vollzogen. Wir kannten euch vorher nur als hirnlose Muskelpakete oder als schwächliche Grübler; dachten, ihr wäret noch nicht in der Lage, Körper und Geist auf hohem Niveau zu vereinen. Aber jetzt sieht es so aus, als hätte die Menschheit diesen Schritt endlich vollzogen. Denn, Norbert, dein Gehirn verfügt über phänomenale Fähigkeiten. Kein Wesen im Universum hat jemals die Intelligenztests mit so viel Bravour absolviert wie du. Und darüber hinaus bist du stark, denn es gibt nicht viele Lebensformen, die diesem retrograden Hypergravitationsmantel etwas entreißen können. Dein dämlicher Begleiter kann froh sein, dass du ihm nicht den Kopf abgerissen hast. Und wie souverän du ihn dann diszipliniert hast, zeugt von der großen Macht, die du unter den Menschen ausübst. Er hätte sich auch wirklich dankbarer zeigen können, der Dummkopf.«

Norbert sah mich fragend an. Ich glaubte nicht, dass er auch nur ein Wort verstanden hatte.

»Wer spricht da?«, fragte er und zwickte sich im Schritt, bevor er sich den Finger in die Nase steckte.

»Höre, was wir dir mitzuteilen haben, Norbert. Du sollst unser erster Botschafter auf Erden werden. Wir schicken dich und deinen Schergen zurück auf deinen Heimatplaneten, auf dem du den Menschen von uns erzählen sollst. Wir sind davon überzeugt, dass deine

Klugheit und deine Kraft dich dazu befähigen werden. Sobald du es geschafft hast, deine Rasse von unserer Existenz zu überzeugen, werden wir kommen und die Erde in ein goldenes Zeitalter führen.«

Norbert wackelte ungeduldig mit dem Kopf. Schließlich fragte er:

»Kann ich noch en paar Tests machen?«

»Das wird nicht nötig sein.«

Ich hatte aufmerksam zugehört und war wirklich erleichtert, vernommen zu haben, dass Norbert und sein Scherge zurückgeschickt werden sollten. Ich weiß noch, dass ich dachte: Beweise für die Existenz von Außerirdischen wären nicht schlecht – dann sackte mein Körper in sich zusammen, und mit einem letzten Blick sah ich, dass auch Norbert wie ein Kartoffelsack zu Boden ging. Ich schlug mit dem Kopf auf den Boden und schmeckte Staub in meinem Mund.

Ohne Probleme öffnete ich die Augen und glaubte zu spinnen. Ich lag mitten auf dem Feldweg neben dem Wolfsbach in Essen-Schuir. Um mich herum keine Kugel, keine Blitze, kein pulsierendes Licht oder sonst irgendein außerirdisches Zeug. Nur Norbert, ebenfalls wach und ins Leere starrend.

Ich war mir nicht sicher, ob das, was ich glaubte, gerade erlebt zu haben, tatsächlich passiert war oder ob ich eher so etwas wie ein außerkörperliches Erlebnis gehabt hatte. Mir war, als wäre ich gerade aus einer Narkose erwacht.

Ich rappelte mich mit wackeligen Beinen hoch. Auch Norbert stand gerade umständlich auf und begann damit, seine Klamotten abzustauben. Ich sah mich um, und es gab keinen Zweifel: Wir waren wieder zu Hause. Hatte ich das alles nur geträumt? Rätselnd schaute ich hinüber zu Norbert, der sich gerade nasebohrend in den Schritt kniff. War er der erste Botschafter einer uns technisch haushoch überlegenen extraterrestrischen Zivilisation? Norbert? Er erwiderte meinen Blick und lächelte. Schließlich sagte er zu mir:

»Du siehst echt aus wie en Clown. Hihi!«

Intermezzo

Der junge Mann beendete seine Geschichte, indem er sich theatralisch verbeugte und seine Baseballmütze abnahm. Darunter kam eine völlig vernarbte Kopfhaut zum Vorschein, auf der nur vereinzelte Haarbüschel wuchsen. Ich kniff unwillkürlich die Augen zu, weil ich beim Anblick der verheilten Wunden förmlich die Leiden spüren konnte, die dieser Junge hatte ertragen müssen. Dagegen waren meine Rückenschmerzen sicher reine Kinderkacke. Seine Geschichte hätte ich lustiger gefunden, wenn ich nicht die ganze Zeit das Aufblitzen der Geflügelschere im Hinterkopf gehabt hätte. Während er erzählte, dachte ich immer nur: Mensch, Junge, hoffentlich hast du genügend Beweise für deine Außerirdischen! Und nun war ich mir nicht sicher, ob allein sein vernarbter Schädel ausreichen würde, um die Wahren Chronisten zu überzeugen. Deshalb war ich schwer gespannt, als der Sprecher sich erhob.

»Höre, Anwärter, was wir dir zu sagen haben! Deine Geschichte ist erstunken und erlogen. Wir wissen längst alles über die Außerirdischen im Ruhrgebiet. Wir hätten davon gehört, wenn der Botschafter einer neuen Spezies auf die Erde geschickt worden wäre. Aber du bist noch sehr jung und scheinst einen schrecklichen Unfall gehabt zu haben. Und du trägst dein Schicksal mit Humor. Deshalb verschonen wir dich. Nun gehe zurück auf deinen Platz.«

Es war bitterkalt auf der nackten Treppe so nah am Wasser. Ich fror bis auf die Knochen, dachte aber keinen Moment daran, mich fortzuschleichen. Ich fand die Wahren Chronisten inzwischen auch nicht mehr so furchteinflößend, hatten sie doch den Jungen laufenlassen, und dafür, dass sie dem ersten Anwärter nun tatsächlich die Zunge abgeschnitten hatten, fehlte jeglicher Beweis. Der Mann im Anzug mit Krawatte war immer noch verschwunden. Natürlich wollte ich auf gar keinen Fall von ihnen entdeckt werden. Ich hatte kaum Zweifel daran, dass sie mich dann ordentlich in die Mangel nehmen würden. Aber ich war auch neugierig geworden, hatte ich doch nicht vermutet, dass der Ruhrpott so ausgezeichnet als Kulisse für merkwürdige Geschichten taugt. Ich wünschte mir zwar eine warme Decke und ein weiches Kissen für meinen Hintern, dazu vielleicht noch einen heißen Grog und eine sanfte Rückenmassage, aber zumindest Letzteres würde ich zu Hause auch nicht kriegen. Neben der Angst, entdeckt zu werden, war meine größte Sorge, mir eine Lungenentzündung einzufangen. Aber was sollte ich machen? Ich kam hier nicht weg. Und ehrlich gesagt: Ich wollte es auch gar nicht.

Wieder schritten zwei Kapuzenmänner zum hinteren Ende des Hohlraumes unter der Zweigertbrücke und geleiteten den nächsten Anwärter nach vorn. Es war ein Mann mittlerer Größe, mit Stirnglatze und einer Wampe, der sich im Lichtschein des Feuers sichtlich unwohl fühlte. Ich konnte sehen, wie seine Hände zitterten und seine Mundwinkel zuckten. Ich konnte sogar hören, wie er ein paar Mal tief durchatmete, bevor er dann ohne Umschweife zu erzählen begann:

Eine Lektion fürs Leben

Martin Friese war seit zwanzig Jahren ein durch und durch pflichtbewusster Schalterbeamter bei der Post. Fünf Tage in der Woche stand er jeden Morgen pünktlich hinter seinem Tresen und wog und stempelte und zählte und buchte und war immer unverbindlich freundlich zu seinen Kunden. Martin war mit Erika verheiratet. Die beiden kannten sich schon seit der Schulzeit. Zum Leidwesen Erikas war die Ehe kinderlos geblieben. Martin hätte auch gern Nachwuchs gehabt, aber jetzt waren sie beide über vierzig, und ihm fiel es leichter als seiner Frau, sich damit abzufinden, dass es nun für gemeinsame Kinder zu spät war. Die beiden führten eine gute Ehe. Von kleineren Zankereien abgesehen, wie sie in jeder guten Partnerschaft vorkommen, konnte man ihr Zusammenleben durchaus als harmonisch bezeichnen. Da war nur eine Sache, die Martin sich regelmäßig gönnte und von der Erika nie etwas erfahren durfte: Seit zwei Jahren ging Martin jeden ersten Dienstag im Monat in den Puff.

Martin ging immer in die Stahlstraße, weil das der einzige Puff war, den er kannte. Und er liebte die Stahlstraße. Er liebte die Bordellatmosphäre, das schummrige Licht in den Fenstern, die Museumsstille, den süßlichen Geruch nach billigem Parfum und die sexuellen Reize, die von allen Seiten auf ihn einströmten. Schon freitags begann die Vorfreude auf den Dienstag, den ersehnten ersten Dienstag im Monat.

Manchmal erwischte sich Martin bei dem Gedanken, mit der gewohnten Routine zu brechen und sich ein kleines Zwischengebumse zu gönnen, aber dafür war er dann letztlich doch zu sehr Beamter. Für ihn barg alles, was außerhalb der gewohnten Routine ablief, nichts als Gefahren. Nur deshalb hatte es überhaupt so lange gedauert, bis er zum ersten Mal in den Puff gegangen war. Neue Routinen waren immer so schwer in den gewohnten Alltag einzubinden.

Für seine Besuche in der Stahlstraße hatte Martin sich eine andere Identität zugelegt. Im Puff war er der geile Gerd. Und keiner wusste davon oder interessierte sich dafür, dass er eigentlich ein langweiliger Postbeamter war, der bis dahin nur mit einer einzigen Frau in seinem Leben geschlafen hatte, ohne dafür bezahlen zu müssen. Martin fand es wunderbar, der geile Gerd zu sein, und die Huren fanden den geilen Gerd auch wunderbar, zumindest versicherten sie ihm das jedes Mal. Im Puff war Martin der Mann, der er immer sein wollte. Einer, der jagt, nicht bettelt. Im Puff hatten die Frauen nie Migräne oder Menstruationsbeschwerden. Sie redeten auch nie über Hypotheken oder Altersvorsorge. Und sie wollten weder ein Vorspiel, noch wollten sie hinterher kuscheln. Ein Paradies für Typen wie den geilen Gerd.

Es war der erste Dienstag im Mai letzten Jahres, an dem Martins Routinebesuche in der Stahlstraße eine merkwürdige Wendung nahmen. Alles war zunächst wie immer verlaufen. Nach dem Abendbrot hatte er sich von Erika verabschiedet, um zu seinem Literaturkurs in der Volkshochschule zu fahren, den er an den anderen drei Dienstagen im Monat tatsächlich besuchte. Mit der üblichen Vorfreude im Bauch war er, aus dem Norden kommend, am Viehofer Platz rechts abgebogen, anstatt weiter geradeaus zur Volkshochschule zu fahren. Auf dem Stück die Friedrich-Ebert-Straße entlang spürte er bereits, wie die vielen Sexshops am Straßenrand seine Vorfreude steigerten. Nirgendwo sonst auf Essens Straßen kommt man so oft an dem Buchstaben X vorbei. An großen, kleinen, grünen, roten, blauen X-en, manchmal sogar in einer geradezu verschwenderischen Häufigkeit hintereinander: xxx-sex-xxx! Oder: sexxy sexxx! Martins Verwandlung in den geilen Gerd begann immer schon während der Anfahrt. Am Berliner Platz ordnete er sich auf die Rechtsabbiegerspur ein, und während er an der roten Ampel wartete, legte er eine Hand in den Schritt und dachte darüber nach, welches süße Flittchen er sich heute gönnen würde.

Der geile Gerd hatte einen festen Kreis von Mädchen, die er abwechselnd aufsuchte. Es kam immer mal vor, dass er sich zum Beispiel unheimlich auf Caro gefreut hatte und ausgerechnet sie dann an diesem Abend nicht arbeitete oder gerade besetzt war. Nun ist dienstagabends nicht gerade Hauptverkehrszeit im Puff, aber solche Enttäuschungen kamen halt gelegentlich vor, und da empfahl es sich, Alternativen zur Hand zu haben. Insgesamt waren es sechs Prostituierte, die es nach einem teilweise sehr schmerzlichen und manchmal auch empörend kurzen und dabei halsabschneiderisch teuren Auswahlprozess in Gerds engeren Kreis geschafft hatten. Nur selten ließ er sich noch auf Experimente ein. Da musste schon eine besonders heiße Hure im Angebot sein. Und an jenem Mai-Abend war genau dies der Fall.

Um Punkt viertel vor acht parkte der geile Gerd seinen Wagen wie gewöhnlich auf dem Uni-Parkplatz. Er wäre niemals das Risiko eingegangen, dass etwa ein Nachbar oder ein Arbeitskollege oder sonst irgendjemand, der ihn kannte, seinen Wagen in der Nähe der Stahlstraße sehen könnte. Auch als geiler Gerd konnte Martin nicht so ganz raus aus seiner pedantischen Beamtenhaut, und Diskretion war schließlich der Schlüssel für die Fortdauer seiner frivolen Eskapaden. Keiner außer ihm wusste davon. Und damit das so blieb, nahm er den kleinen Spaziergang von der Uni bis zum Puff gerne in Kauf. Für das kurze Stück die Segerothstraße hinauf brauchte er keine fünf Minuten, und wenn es regnete, dann nahm er eben einen Schirm.

Der Eingang zur Stahlstraße besteht aus zwei versetzt stehenden Mauern, wie der Eingang zu einem Labyrinth. Dort ist es ziemlich ekelig, weil sich direkt hinter den Mauern ein stinkendes Pissoir befindet, das leider auch oft von Besuchern, die entweder pervers oder pleite oder beides sind, zu einer ganz anderen Art von Erleichterung genutzt wird. Der Gestank dort ist beißend, aber dennoch nahm Gerds Nase bereits hier erste Witterung auf. Er merkte schon gar nicht mehr, wie sich mit der Inhalierung des Pissoir-Aromas sein Gehirn verabschiedete und seine Klöten die Kontrolle übernahmen.

Gleich am Eingang arbeitete Biggy, eine vollbusige Mittvierzigerin, die ihre besten Jahre gehabt hatte, als ein Brief noch fünfzig Pfennig Porto kostete. Ihren Namen kannte Gerd nur, weil er in großen Lettern an ihrer Fensterscheibe geschrieben stand, direkt über der Handynummer. Biggy machte nämlich auch Hausbesuche. Links ging es in eine kurze Sackgasse, in der die Sonderangebote auf Freier warteten. Alte, verbrauchte Nutten, denen ihr Lebenswandel deutlich ins Gesicht geschrieben stand und die für eine warme Mahlzeit die Beine breit machten. Im Vergleich mit denen war selbst die dicke Biggy noch eine echt heiße Hure.

Ein Stück weiter, direkt am Kiosk, drehte Jenny ihre Runden. Mit ihr hatte Gerd üble Erfahrungen gemacht. Sie war ein ganz abgezocktes Luder. Hundert Euro hatte sie ihm seinerzeit abgenommen, und dafür bekam er nur einen runtergeholt, was er in Eigenarbeit viel besser hinbekommen hätte. Jenny stand nicht auf Gerds Liste, sie konnte sich nicht einmal an seinen Namen erinnern.

»Hallöchen, Süßer, du kommst mir gerade recht.«

Gerd ignorierte sie, was Jenny mit einem schnippischen Zug an ihrer Zigarette kommentierte.

Oben im Fenster saß die hübsche Caro in weißen Strapsen. Der geile Gerd winkte ihr weltmännisch zu und machte ihr mit aufgestelltem Daumen ein Kompliment für ihre Wäschewahl. Er zog sie ernsthaft in Betracht.

Bei Anja auf der anderen Seite war alles dunkel, und aus den Augenwinkeln sah er, wie Lulu im Pausenraum verschwand, der sich ganz hinten in einem Eckhaus befand. Der Pausenraum war eigentlich so etwas wie ein Bistro mit kleiner Theke und einer Kaffeemaschine, die auch Espresso und Café Latte konnte. Er war für jedermann zugänglich. Der geile Gerd überlegte, ob er Lulu folgen sollte, denn die wäre schon eine, auf die er Lust hätte. Andererseits hatte Caro diese weißen Strapse an, und auf Inka wollte er auch noch einen Blick werfen.

Während er noch überlegte, ob er Lulu folgen sollte oder nicht, zupfte ihn plötzlich Mimi am Ärmel:

»Hallo, Gerd. Gut schaust aus. Wie immer!«

»Na und du erst!«

»Ah, geh, du alter Charmeur.«

Gerd gehörte zu der Sorte Mann, denen ein Kompliment auf Wienerisch besonders glaubhaft erschien. Er fühlte sich geschmeichelt und konnte das nur schlecht verbergen. Das letzte Nette, was er von seiner Frau Erika zu hören bekommen hatte, war, wie schön sauber er die Gartenmöbel wieder bekommen habe. Und das war im Frühling vor zwei Jahren gewesen.

Der schlauen Hure Mimi entging die Wirkung ihrer Worte nicht. Sie legte nach:

»Du bis zum Oanbeißen süß, wie a Sachertorte. Magst mi net a bisserl pudern?«

Mit Mimi hatte Gerd wirklich eine gute Zeit gehabt, und das nicht nur einmal. Sie war ein herzensgutes Mädchen, die kleine Österreicherin, und ehrlich bis auf die Haut. Wenn sie sagte, hundertfünfzig für alles, dann bekam man auch alles für sein Geld und musste nicht noch oben auf dem Zimmer in neue Verhandlungen treten. Die meisten Huren versuchen, mehr herauszuschlagen, wenn sie einen Freier erst einmal hochgelockt hatten.

So eine war Mimi nicht. Außerdem stieß die Kleine so reizende kleine Kiekser aus, wenn er sie zum Orgasmus brachte. Deshalb, und wegen ihrer Monstertitten, stand sie immer ganz oben auf Gerds Liste. Aber an diesem Abend konnte er sich nicht so recht entscheiden. Noch immer schwirrten ihm Caros weiße Strapse im Kopf herum, und da war ja auch immer noch Inka, weiter hinten in der Stahlstraße.

»Du weißt, was ich gerne habe, Mimi. Vielleicht komm ich später auf dich zurück.«

»Und du woaßt, wo du mi findest, Süßer.«

Der geile Gerd machte sich auf den Weg zu Inka, der strohblonden Schwedin mit den endlos langen Beinen, die hinten links um die Ecke anschaffte. Wenn die wieder diese roten Strapse trüge, dann würde er sich heute Abend ein paar Eins-a-Hurenbeine aus Schweden gönnen. Für Inka kam er allerdings zu spät, die ging just in dem Moment, als Gerd um die Ecke kam, mit einem Freier aufs Zimmer. Er konnte gerade noch erkennen, dass sie hohe schwarze Lacklederstiefel trug und keine Strapse, was seine Enttäuschung linderte.

Hinter dem Haus, in dem Inka ihr Zimmer hatte, geht die Stahlstraße nur noch ein paar Meter weiter, dann endet sie abrupt an der Wand eines Parkhauses. Der geile Gerd wollte schon abdrehen und zu Mimi zurückgehen, als er ganz am hinteren Ende der Sackgasse eine Hure stehen sah, deren Anblick ihn schlicht aus den Socken haute. Sie war eine wahre Schönheit, wie sie dort an der Parkhausmauer lehnte und im Lichtkegel der Laterne eine Zigarette rauchte. Langes dunkles Haar, das sich in den Spitzen lockte, fiel sanft auf ihre schmalen Schultern. Ein hautenges Minikleid aus hermelinroter Seide schlang sich um ihre drallen Kurven und quetschte ihren Busen zusammen, der jeden Moment herauszuplatzen drohte. Ihre roten Strümpfe passten farblich perfekt zum Kleid, das nicht bis an den obersten Rand der Netzstrümpfe heranreichte, so dass die Strapse auf ihren dunklen, nackten Oberschenkeln gut zu sehen waren. Dazu trug sie ein paar elegante, sehr hohe Hochhackige, deren Schnallen sich geschickt um ihre Fesseln rankten. Ihre dunkle Haut flimmerte im Laternenlicht wie nasser Sand im Mondschein. Ihre Augen waren grell geschminkt, und der Filter ihrer Zigarette war blutrot verfärbt.

Der geile Gerd starrte sie fasziniert an. Da drüben, ihm direkt gegenüber, stand die personifizierte Versuchung, die Mutter aller Huren, ein Fleisch gewordener Fick. Dieses Geschöpf, aus geilen Träumen geboren, sog ein letztes Mal mit ihren dicken roten Lippen an der Zigarette. Gerd sah die Glut kräftiger werden, sah, wie sie wieder schwächer wurde, und glotzte blöde dem Rauch hinterher, der aus ihrem Schmollmund quoll. Sie warf die Kippe in den Rinnstein und winkte den geilen Gerd heran, wie eine Königin, die einem Untertan Audienz gewährt.

Ruckartig setzte sich der geile Gerd in Bewegung. So ganz wollten ihm seine Beine nicht gehorchen. Es kam ihm vor, als zöge ihn jemand zu ihr hin. Nicht, dass es gegen seinen Willen geschah, aber irgendetwas in ihm – oder an ihm – drängte zu ihr, und sein Körper kam nur stolpernd hinterher. Mit jedem Schritt, den er ihr näher kam, erschien sie ihm begehrenswerter.

Im Geiste überschlug er seine Barschaft und hoffte, dass er für so eine Prachthure genug Geld eingesteckt hatte.

Als er sich ihr so weit genähert hatte, dass er ihren zuckersüßen Duft riechen konnte, räusperte er sich und versuchte, sich nicht allzu sehr anmerken zu lassen, wie geil er bereits war.

»Guten Abend, ich bin der Gerd«, sagte er und staunte über ihre hellleuchtenden smaragdgrünen Augen, die einen verwirrenden Kontrast zu ihrem dunklen Teint bildeten

»Gerd?«, fragte die Hure mit rauchiger Stimme und erwiderte seinen Blick.

Als ihre Blicke sich trafen, geschah etwas mit ihm. Er fühlte sich plötzlich leicht und unbeschwert. Er lächelte entrückt. Sein Kopf war völlig leer. Wie eine willfährige Marionette stand er da und grinste ihr glücklich in die Augen.

»Guten Abend, ich bin der Gerd«, wiederholte er, ohne sich erinnern zu können, dass er das bereits gesagt hatte.

»Okay! Also, Gerd«, hauchte sie verführerisch, »Lust auf ein kleines Spiel mit dem Feuer, Gerd?«

Der geile Gerd nickte.

»Und keine Angst, dir die Finger zu verbrennen?«

Der geile Gerd schüttelte den Kopf.

»Wie viel Geld hast du denn bei dir?«

»Zweihundert.«

»Na, das muss ja dann wohl reichen.«

Sie senkte den Blick, und es war Gerd zumute, als wäre er gerade von einer langen Reise heimgekehrt.

»Wow!«, sagte er.

Zu mehr war er vorerst nicht im Stande.

Ihr Zimmer war genauso zweckdienlich eingerichtet wie fast alle Zimmer in der Stahlstraße. Zwei schmale Betten, die man bei Bedarf zusammenstellen konnte, ein Waschbecken mit Spiegel, ein Tisch, ein Stuhl, ein Schrank, eine Stehlampe mit rotem Schirm und einige wenige persönliche Dinge wie Duftkerzen oder Handschellen. Manche Huren hatten auch Bilder von Kindern aufgestellt, die allerdings nicht ihre eigenen waren. Damit wollten sie die Mitleidstour fahren, um so mehr Kohle aus den Freiern herauszuquetschen. Gerd kannte den Trick von Mimi, die gern beim Bumsen quatschte. Im Zimmer dieser Prachthure gab es keine Bilder.

Sie hatten nicht ein einziges Wort miteinander gesprochen. Schweigend war Gerd ihr gefolgt und hatte sich beim Anblick ihres wogenden Hinterteils die Wonnen vorgestellt, die ihm dieser himmlische Arsch bescheren würde. Keinen Gedanken verschwendete er an den Preis für den Spaß. Da er dummerweise seine gesamte Barschaft herausposaunt hatte, musste er die Zweihundert nun auch mit Sicherheit berappen. Aber das kratzte den geilen Gerd in diesem Moment nicht. Diese Hure, daran hatte er keinen Zweifel, würde jeden Cent wert sein.

Im Zimmer angekommen, verlor sie keine Zeit. Mit immer noch rauchiger, jetzt aber mit eher geschäftlich abgebrühter Stimme sagte sie:

»Okay! Gib mir das Geld und wasch dich da drüben.«

Gerd fingerte nach der Brieftasche und zählte ihr seine Barschaft auf den Tisch. Es waren sogar zweihundertfünfzehn, was ihn freute, sie aber völlig gleichgültig ließ. Die Hure stand mit dem Rücken zu ihm am Fenster. Im hereinfallenden Stahlstraßen-Licht wirkte die rote Seide ihres Minikleides wie glühende Lava, und ihr Haar schimmerte blauschwarz. Ihr Arsch war rund wie der Mond und ihre Beine lang und stramm. Der geile Gerd konnte kaum noch an sich halten. Hastig fingerte er an seiner Hose, während er zum Waschbecken ging. Er nickte zufrieden, als er seine parat stehende Erektion in Händen hielt und sie unter das kalte Wasser hielt. Ein wenig entspannte ihn die Prozedur, die bei jeder Prostituierten, die was auf sich hält, Pflicht ist. Er versuchte, sich zu beruhigen, denn er wollte was haben von dem Zweihundertfünfzehn-Euro-Fick. Es wäre doch zu schade, wenn alles nach zwei Minuten schon wieder vorbei sein würde, nur weil er sich nicht beherrschen konnte.

Gerd sah im Spiegel, wie die Hure das Geld vom Tisch nahm. Er dachte, ein klein wenig Konversation könnte nicht schaden.

»Sag mal, wie heißt du eigentlich?«

»Epiphania.«

»Schöner Name. Hat er eine Bedeutung?«

»Ist das wichtig?«

»Nein, natürlich nicht. Ich dachte nur, na ja, was soll's. Du bist neu hier, oder? Du wärst mir sonst ganz bestimmt schon früher aufgefallen.«

»Quatsch nicht so viel. Sieh lieber zu, dass du da fertig wirst.«

Der geile Gerd sah spiegelverkehrt, wie sie sich ihr knappes Kleidchen über den Kopf zog. Sie trug keine Unterwäsche. Nur in feuerroten Strapsen und einem Paar nuttigster Hochhackiger stand sie hinter ihm und wartete auf ihn. Wie ein Raubtier, das seiner Beute nervös zuckend auflauert, starrte der geile Gerd sie an. Was immer er in diesem Moment mit seinen Händen trieb, mit Waschen hatte das nichts mehr gemein. Mehr zu sich selbst als zu ihr hauchte er:

»Du bist wunderschön!«

Mit keiner Regung ließ Epiphania sich anmerken, ob sie das Kompliment ihres Freiers gehört hatte. Sie stand einfach da, kerzengerade, mit angelegten Armen, und sah auf den Boden. Dann drehte sie sich um, öffnete die Schublade des Tisches und nahm ein Kondom heraus. Ohne aufzusehen, kam sie auf Gerd zu, der all das im Spiegel beobachtete, packte von hinten seinen Ständer und stülpte ihm den Pariser über. Es ging so schnell, dass Epiphania schon rücklings auf dem Bett lag, bevor der geile Gerd begriffen hatte, was überhaupt geschah.

In neuer Weltrekordzeit entledigte er sich seiner Kleidung. Auf dem Weg zu ihr zerrte er noch an seinen Socken, was ihn ins Stolpern brachte. Er stand über ihr und sah sie an. So einen perfekten Körper hatte er noch nie leibhaftig gesehen. Ihre festen Brüste schmiegten sich aneinander, und von ihrer schlanken Taille abwärts, vom weichen Becken bis zu den Hochhackigen aus Lackleder, leuchtete alarmrote Reizwäsche. Sie hatte die Augen geschlossen und die Arme eng an den Körper gepresst. Der Atem des geilen Gerd ging schwer. Im

Gefühl der sicheren Befriedigung all seiner Begierden starrte er auf ihren Schoß.

Diese Beute war seine.

Als hätte sie seine Gedanken erraten, öffnete Epiphanie ihre Beine, und der geile Gerd sah einen kleinen Zipfel rosaroten Fleisches zwischen ihren Schenkeln hervorlugen. Seine Pupillen weiteten sich, er fixierte den Zipfel, und postwendend war es um ihn geschehen. Keine Millisekunde länger hätte er sich zurückhalten können. Er warf sich auf sie und rief:

»Oh, jetzt fick ich dich!«

Der geile Gerd hatte alle Mühe, an sich zu halten. Er hüpfte auf ihr herum, als wäre es das Letzte, was er in diesem Leben noch zu vollbringen hätte. Er stieß mit all der Kraft eines Postbeamten im mittleren Dienst zu. Von Sekunde zu Sekunde kam er seinem Orgasmus näher. Es dauerte eine knappe Minute, und der geile Gerd spürte, wie die Säfte in ihm hochstiegen. Er stöhnte und schwitzte und ächzte und keuchte, immer heftiger stießen seine Lenden zu, bis sein Stöhnen, Ächzen und Keuchen sich zu einem einzigen letzten Seufzer verbanden. Der geile Gerd hielt die Luft an, erstarrte in der Bewegung und sammelte sich für diesen einen erlösenden Aufschrei. Den Mund schon geöffnet, warf er einen letzten Blick auf Epiphania. Selbst in diesem Moment, nur Augenblicke vor dem Orgasmus, dachte der geile Gerd daran, was für eine unglaubliche Prachthure er gerade besprang. Tränen stiegen ihm in die Augen. Er weinte vor Rührung und Dankbarkeit, aus Ekstase und fast schon religiöser Verklärtheit, derweil sein Samen längst bereit zum Abschuss war.

Plötzlich öffnete Epiphania ihre Augen, blickte ihn an, und ohne jedes Gefühl in ihrer Stimme, sagte sie zu ihm:

»Schau mich an, Martin Friese! Jetzt!«

Er spürte, wie eine Schockwelle durch seinen Körper fuhr, ganz so, als würde etwas aus seinem Innersten herausgepumpt werden. Der Seufzer der Erlösung, den er gerade noch hatte ausstoßen wollen, löste sich in Epiphanias strahlend grünen Augen auf. Bewegungslos lag er über ihr, ohne zu atmen, und ohne zu zwinkern, folgte er ihrem Befehl. Er blickte direkt in ihre grünen Augen und verlor sich darin.

Martin fand sich wieder, nackt, aufrecht stehend, in einem hellgrünen Nichts. Epiphania war verschwunden. Das Zimmer war verschwunden. Alles um ihn herum erstrahlte wie eine saftige Wiese im sanften Licht der ersten Sonnenstrahlen.

Wie in einer Wolke, dachte Martin staunend.

Wohin er auch schaute, zu allen Seiten reichte sein Blick nur knapp zwei Meter weit. Alles, was weiter entfernt lag, verschwand in grünem Nebel.

Er vernahm ein Klappern, wie Absätze auf hartem Untergrund, das immer deutlicher wurde, und er begriff, dass es tatsächlich Schritte sein mussten, die aus dem grünen Nebel auf ihn zukamen. Er drehte sich in alle Richtungen, versuchte, die Schritte zu orten, aber das Echo des Klapperns hatte ihn umzingelt. Dann stoppte das Geräusch abrupt, und er hörte Papierrascheln. Wieder versuchte er, dem Geräusch auf die Spur zu kommen, diesmal mit noch hektischeren Kopfbewegungen, so, als könnte er das Echo einholen und einfangen. Aber es war für die Katz. Er spürte sein Herz rasen. Schweiß lief ihm über seinen nackten Körper und sein Atem ging schwer. Er riss die Augen so weit auf, wie er konnte, und versuchte krampfhaft zu sehen, was da im grünen Nebel vor sich ging, als eine Stimme ertönte, die so eindringlich war, dass sie ihn in Mark und Bein erschütterte:

»Martin Friese! Du bist der Nächste!«

Martin erstarrte, und es ist keineswegs übertrieben zu sagen, dass ihm dabei die wenigen Haare, die er noch hatte, zu Berge standen. Ohne auch nur den Hauch einer Ahnung zu haben, was das überhaupt bedeuten könnte, der Nächste zu sein, begann er am ganzen Leib zu bibbern wie ein Kind, das ein Gespenst gesehen hat. Er wagte es nicht, sich zu bewegen, nicht mal zu blinzeln. Angespannt lauschte er in die grüne Wolke und musste nicht lange auf die Stimme warten:

»Ahhh, schon wieder ein Hurenbock. Wieso muss ich immer die Hurenböcke kriegen. Ich hasse Hurenböcke.«

Das Echo der letzten Silbe umzingelte Martin: …böcke, …böcke, …böcke. Jede Silbe war wie ein Hieb auf seine Würde, und er sackte zu Boden.

Da kniete er nun, nackt wie Gott ihn geschaffen hatte, jammerte, wimmerte, winselte und schluchzte, und plötzlich, ohne dass er es gewollt hatte, setzte sich ein Gedanke in seinem Kopf fest:

Ich bin tot!

»Tot?«, fragte die Stimme. »Nein, du winselndes Hurenböckchen. Tot bist du noch nicht. Ich kenne all deine Gedanken, und glaube mir, so billig kommst du mir nicht davon.«

»Was könnte denn schlimmer sein als der Tod?«

»Ich!«

»Wer bist du?«

»Dein Seelenretter, Hurenböckchen!«

Ein Weile herrschte Stille im grünen Nebel. Das einzige Geräusch, das Martin hörte, war sein eigenes Gewinsel. Dann sprach die Stimme wieder:

»Bevor ich verkünde, wie lange es dauert, deine Seele von der Hurerei zu läutern, höre zunächst die Anklage, Martin Friese! Schließlich sollst du wissen, wofür du brennen wirst.«

Das Winseln wurde lauter. Als würde die zusätzliche Angst vor dem Brennen ihm neue Kraft verleihen.

Irgendwo im grünen Nebel ertönte Epiphanias Stimme, sanft, wie die eines Engels, ganz anders, als sie vorher geklungen hatte, mehr ein Gesäusel und überhaupt nicht rauchig oder abgebrüht.

»Er hat meinen Körper für zweihundertfünfzehn Euro gekauft.« Mehr sagte sie nicht.

»Hast du das wirklich getan?«, fragte die Stimme mit Nachdruck.

Martin nickte heftig. So schuldig hatte er sich nie zuvor gefühlt. Selbst als kleiner Junge nicht, wenn er was angestellt hatte und dabei erwischt worden war. Nicht einmal mehr winseln konnte Martin, so eng wurde es in seinem Brustkorb.

»Deine Reue nutzt dir nichts!«, drohte die Stimme. »Des Vergehens der Hurerei schuldig, soll die Seele des Martin Friese geläutert werden – bis zur Erkenntnis.«

Seine Haut verfärbte sich, und er fühlte eine gewaltige Hitze in sich aufsteigen. Verzweifelt rang er nach Luft, er warf den Kopf in den Nacken, wollte atmen und schreien, während sein Blut langsam zu kochen begann. Er kam ins Taumeln, fiel auf die Seite und schlug hart auf den Boden. Jeder Muskel in ihm verkrampfte, und immer höher stieg seine Körpertemperatur. Der Schmerz war allgegenwärtig und schlug mit einer Wut auf Martin ein, dass all seine Sinne explodierten. Mit weit aufgerissenen Augen starrte er auf seine Arme und Beine, sah, dass sie in grünen Flammen standen, und warf sich in einem letzten Kraftakt auf den Rücken. Mit gespreizten Beinen und ausgestreckten Armen lag er da inmitten der grünen Wolke und brannte bei lebendigem Leibe. Die Flammen fraßen sich in sein Fleisch, immer tiefer, immer heißer, bis seine Organe Feuer fingen und sein Blut verdampfte.

Ihm kam es vor, als brenne er bereits seit Ewigkeiten, bis der Schmerz endlich seinen Verstand in den Wahnsinn trieb. Er begann zu halluzinieren. Er konnte sich selbst sehen, wie er voller Vorfreude in seinem Opel Astra sitzt, den er lässig mit nur einer Hand am Lenkrad vorbei an den X-en die Friedrich-Ebert-Straße hinuntersteuert. Er sieht sein geiles Grinsen, und wie die Hand in seinem Schoß zuckt. Dann verwandelt sich sein Ausdruck, und sein Gesicht verzerrt sich zu der Fratze, die er macht, wenn er einen Orgasmus hat. Nur Sekunden später streift er sich das Kondom ab, nimmt das Kleenex, das Mimi ihm reicht, und sieht mit eigenen Augen, wie er seinen schlaffen Penis notdürftig damit abwischt. Schnell zieht er seine

Sachen an und verschwindet aus dem Zimmer. Mimi aber bleibt zurück. Sie geht zum Fenster und holt eine Flasche und ein Schnapsglas hinter den Vorhängen hervor. Ihre Seufzer nach jedem Schluck sind nach innen gerichtet, so, als gingen sie niemanden sonst etwas an.

Dann wurde das Bild unscharf, und Martin spie einen Todesschrei aus, als sein Geist zurück in seinen brennenden Körper fuhr und er die Kraft des Feuers wieder mit voller Wucht spürte. Irgendwie schaffte er es, den Kopf zu heben, und blickte aus eiskalten Augen auf eine dampfende Masse menschlichen Fleisches, aus der noch immer grüne Flammen züngelten.

Es ist wahr, dass der Geist sich in Trugbilder flüchtet, wenn die Realität für ihn unerträglich wird. Und das Feuer, in dem Martin schmorte, war für ihn so wirklich, dass er trotz der Schmerzen, die er erdulden musste, für einen Augenblick fast so etwas wie Dankbarkeit verspürte, als ihm Erika erschien. Er blickte auf seine Frau zu Hause im Badezimmer, wie sie die Wäsche in die Maschine legt. Als sie gerade eines seiner Hemden hineintun will, stutzt sie und prüft das Stück genauer. Sie bemerkt einen Fleck am Kragen, es ist dunkelroter Lippenstift, einer von der Sorte, die sie nie benutzt. Merkwürdig gelassen reagiert Erika auf den Fund, so, als sei es nicht das erste Mal, dass sie Beweise für seine Untreue findet. Sie wirft das Hemd in die Maschine, öffnet den Alibert und nimmt eine Packung Tampons heraus. Aus der Packung zieht sie einen Streifen Tabletten. Sie nimmt eine heraus, steckt sie sich in den Mund und schluckt die Pille mit

Wasser. Martin sah die Aufschrift: Valium. Dann verschwinden die Tabletten in der Tamponschachtel, und die landet wieder im Alibert.

Die Rückkehr von Martins Geist in seinen Körper bereitete ihm dieses Mal weitaus weniger Schmerzen. Fast schon entspannt lag er auf dem Rücken und blickte den Rauchschwaden hinterher, die aus seinem Körper aufstiegen. Ihm kroch der Gestank von verbranntem Fleisch in die Nase, und das Echo des Schmerzes hallte in seinen Gebeinen nach. Auch ohne den Kopf zu heben und nachzusehen, wusste er, dass die Flammen erloschen waren.

Nach einer kurzen Weile kroch eisige Kälte in seine verbrannten Knochen. Jede Faser seines Körpers begann zu zittern. Wellen des Schmerzes wanderten vom kleinen Zeh bis in die Kopfhaut, als würden sich die Botenstoffe um die besten Plätze in seinem Gehirn drängeln. Sein Körper zog sich in der Mitte zusammen, so dass sein Brustkorb nach oben gedrückt wurde und er freien Blick auf die Verwüstungen des Feuers hatte.

Er hatte keine Haut mehr. Das nackte Fleisch war schwarzgebrannt und so porös wie verglommene Holzkohle. Muskelstränge lagen offen, und Rippen ragten aus seiner Brust wie die Reste eines Lagerfeuers. Er hob die Arme, und seine Finger zerbröselten zu Staub. Mit den Stumpen der Hände griff er sich ins Gesicht und ertastete, dass er weder Lippen noch Nase hatte. Er wollte die Augen schließen, aber es ging nicht. Er wollte schreien, aber es gelang ihm nicht einmal zu atmen. Dann begriff er, dass seine Lider verbrannt waren und er nicht einatmen konnte, weil er noch gar nicht ausgeatmet hatte. Mit einem Seufzer, der aus den Tiefen seiner erduldeten Qualen kam, ejakulierte Martin ins Kondom.

Er sprang aus dem Bett. Angsterfüllt untersuchte er seinen Körper und fand ihn umhüllt von schweinchenrosa Haut. Epiphania war verschwunden. Noch einmal inspizierte er sich und entdeckte keinerlei Brandverletzungen.

Dann bemerkte er das Kondom an seinem Glied, und als wäre es ein ekeliges Insekt, riss er es mit einem Ruck von sich herunter und warf es in die Ecke, in der die Stehlampe mit dem roten Schirm immer noch leuchtete.

Gedanken zuckten wie Blitze durch seinen Kopf. Bilder seines entstellten Körpers. Epiphanias smaragdgrüne Augen. – Diese grünen Augen. Obwohl sie nur ein Abbild seiner Erinnerung waren, vermied er es tunlichst hineinzusehen. Er legte die Hände schützend über sein Gesicht, und ohne jede Vorwarnung übermannte ihn der Gestank nach verbranntem Fleisch. Das war zu viel für Martin. Er fiel in Ohnmacht.

Als er wieder zu sich kam, lagen seine Beine im Lichtkegel der Stehlampe und sein Oberkörper unter dem Tisch. Auf allen vieren kroch er zur Lampe und zog den Stecker aus der Dose. Bevor das Licht erlosch, entdeckte er in der Ecke das Kondom, konnte sich nicht gegen den Würgereflex wehren, der sein Innerstes nach außen kehrte. Martin kotzte auf den Teppich, bis nur noch Galle kam.

Von draußen fiel das Stahlstraßen-Licht ins Zimmer und warf dünne Schatten auf Martins überall verstreute Kleidung. Er saß neben seinem Erbrochenen auf dem Boden und kämpfte gegen die Traurigkeit, die sich seiner bemächtigt hatte. Der Anblick des Zimmers, dieses Grau in Grau, die seelenlosen Möbelstücke, die abgestandene Luft, der muffige Geruch, gepaart mit dem beißenden Gestank seiner eigenen Kotze, machten ihn so abgrundtief traurig, dass er fassungslos den Kopf schüttelte. Es tat ihm so leid. Alle Schleusen öffneten sich, und es war, als würde sich seine Seele mit jeder Träne, die er vergoss, von neuem füllen.

Auf Martins Handy war es Punkt dreiundzwanzig Uhr, als er die Zimmertür hinter sich zuzog. Drei Stunden war er in dem Zimmer gewesen. Er musste nach Hause.

Hastig stolperte er hinaus auf die Stahlstraße und konnte beim Vorbeieilen einen heimlichen Blick auf die Stelle, an der er Epiphania begegnet war, nicht unterdrücken. Sie war nicht da, was ihn sehr beruhigte.

Im Puff ging derweil alles seinen gewohnten Gang. Die Freier suchten, die Huren lockten. Aber auf Martin wirkte das alles nur noch ekelerregend. Mit eingezogenem Hals hastete er zum Ausgang, schaute nicht nach rechts und nicht nach links, starrte nur auf den Boden und lief direkt in Mimi, die immer noch an der Ecke stand; oder schon wieder.

»Hey, na immer loangsam mit den jungen Pferden. Ah gäh, Gerd, du bists nur. I dacht schon, der Rämbo tät mich pudern.«

»Martin, ich heiße Martin, nicht Gerd.«

»Na, was isen mit dir los? Oh Gott, net scho wieder oaner! Dieses Flittchen war wieder hier. I sehs dir doach a. Das G'sicht kenn i! Diese verdammte Hexe! Hey, Mädels, Epiphania hat wieder zug'schlagen. Diesmal hats den oarmen Gerd erwiescht.«

»Du kennst Epiphania?«

»Jede hier kennt diese verdammte Epiphania. Net vom Sehen. Koane von uns hat sie je zu G'sicht bekommen. Aber des Luder taucht hier immer wieder auf und vergroault uns die Freier. Sie ist ein Teufel, doas sag i dir.«

»Ist sie denn kein Engel.«

»I glob net, Gerd.«

»Oh Mann, den hat's ja voll erwischt!«, rief eine der Huren, die gucken kamen.

»Nicht schon wieder. Erst letzten Monat hat es zwei in Bochum erwischt.«

»Und letzte Woche einen in Duisburg.«

»Oje!«, bemerkte Inka, die strohblonde Schwedin mit den langen Beinen, »sseht euch bloss ssein Gesicht an, den ssehen wir nie wieder.«

»Leb wohl, Gerd«, sagte Mimi traurig, »i hab di irgendwie g'mocht.«

»Martin«, nickte Martin und passierte ein letztes Mal das stinkende Pissoir am Eingang der Stahlstraße.

Er wurde nie wieder in einem Puff gesehen, und das, obwohl er zu Hause im Alibert nur Tampons und keine Valium fand.

Intermezzo

Ich saß auf der Treppe und dachte nur: Wow, durch was für eine Hölle war dieser Martin Friese gegangen! Für mich hörte sich das alles an wie ein Exorzismus. Dem Postbeamten wurde der geile Gerd ausgetrieben, und das gründlich. Trotzdem hielt sich mein Mitleid mit dem Hurenbock in Grenzen. Ich dachte mehr darüber nach, ob uns allen Ähnliches nicht auch irgendwann bevorstehen könnte. Nämlich dann, wenn wir sterben und für unsere Sünden ins Fegefeuer müssen, bevor wir mit sauberer Weste in den Himmel dürfen.

Ich grübelte, wofür ich wohl brennen müsste. Meine Frau habe ich nie betrogen, gestohlen habe ich auch nie etwas, und ich bin weder ein Lügner noch ein Mörder. Meine bösen Taten waren erstens nicht wirklich böse, und zweitens gibt es nur sehr wenige davon. Vor zig Jahren habe ich mal auf dem Aldi-Parkplatz ein fremdes Auto beim Aussteigen mit der Tür leicht angedengelt und bin trotz der Macke an dem Wagen abgehauen. Nachdem bei uns eingebrochen worden war, habe ich den entstandenen Schaden bei der Versicherung etwas zu hoch angesetzt, und beim Finanzamt habe ich auch nicht immer alle meine Einnahmen zu hundert Prozent korrekt angegeben. Dafür wird mir ja wohl kaum dieselbe Strafe drohen wie Martin Friese, diesem Hurenbock.

Das Einzige, was mich leicht beunruhigte, war die Tatsache, dass meine guten Taten ähnlich durchwachsen und nur spärlich gesät waren. Selbstloses Handeln war nie mein Steckenpferd. Aber das würde mir Petrus an der Himmelspforte doch wohl nicht ernsthaft vorwerfen, oder?

Während all diese Gedanken durch meinen Kopf sausten, waren die Wahren Chronisten unten im Hohlraum schon einen Schritt weiter. Ich hatte nicht mitbekommen, was sie gefragt hatten, aber ich hörte den Anwärter laut und deutlich sagen: »Ich selbst bin Martin Friese. Mir ist das alles passiert. Und ich schwöre, so wahr ich hier stehe, genauso ist es geschehen.« Der dicke Mann mit der Halbglatze stand zwischen den sitzenden Kapuzenmännern und blickte angsterfüllt ins Feuer. Mit zitternder Stimme fügte er hinzu: »Ich habe seitdem eine solche Angst vor Feuer, dass ich nur mit Mühe so nah an den offenen Flammen hier stehen bleiben kann. Und wenn Sie mir nicht glauben, fragen Sie doch die Huren in der Stahlstraße; die können Ihnen mehr über Epiphania erzählen.«

»Huren sind deine Zeugen?«, fragte der Chronistensprecher mit einem merkwürdigen, schwer zu deutenden Unterton. Der Anwärter nickte, woraufhin die Kapuzenmänner sich alle gleichzeitig erhoben.

Der Chronistensprecher ging auf den sehr nervös wirkenden Martin Friese zu. Ich konnte es nicht hören, aber man muss auch nicht Weltmeister im Lippenlesen sein, um erkennen zu können, welches immer gleiche Wort sein Mund bildete: Bitte! Bitte! Bitte! Der Oberkapuzenmann stand direkt vor ihm und streckte die Arme nach ihm aus, wobei seine Hände unter dem Zaubermantel hervorkamen – und ich ehrlich erleichtert war, dass er keine Geflügelschere in seinen Fingern hatte. An den Schultern drückte er den bibbernden Martin näher ans Feuer heran. Ganz deutlich sah ich dessen entsetztes Gesicht, als er winselte: »Nein! Nein!« Dann warf er sich auf den Boden und kroch auf allen vieren weg von den Flammen.

Keiner der Chronisten rührte sich. Sie hatten ihn umzingelt, es würde keinen Fluchtweg für ihn geben. Er kroch zu einem von ihnen und warf sich ihm vor die Füße: »Nicht ins Feuer! Bitte nicht ins Feuer! Alles, nur nicht ins Feuer.« Martin versuchte, nach dem Mantel des Chronisten zu greifen, bekam ihn zu fassen und zog sich an ihm hoch – wobei sich der Mantel öffnete. Darunter kam ein blutbesudelter Anzug mit Krawatte zum Vorschein.

Nachdem ich mich vom ersten Schock erholt hatte, zählte ich die Kapuzen und kam auf insgesamt sieben, also eine mehr als zu Beginn. Den Anzug und die Krawatte hatte ich sofort wiedererkannt. Auch der riesige Blutfleck auf der Brust war ein eindeutiger Hinweis: Dort stand der erste Anwärter. Sie hatten ihm wirklich die Zunge abgeschnitten. Er war nicht verschwunden, er war einer von ihnen geworden, einer der Wahren Chronisten des Ruhrgebiets. Das viele Blut legte Zeugnis darüber ab, welch hohen Preis er dafür hatte zahlen müssen.

Dann sagte der Chronistensprecher: »Beruhige dich, Anwärter. Wir glauben dir. Huren sind gute Zeugen. Sie lügen nur, wenn es ihnen nutzt. Und deine Angst vor Feuer ist nicht gespielt. Deine Geschichte soll fortan für alle Zeiten bewahrt werden.«

Bis auf zwei hockten sich alle Kapuzenmänner wieder hin. Die beiden führten Martin Friese zurück zu seinem Platz hinter dem Versorgungsrohr und brachten gleich den nächsten Anwärter mit.

Der Mann stellte sich ans Feuer und sagte: »Mein Name ist Frank Görtz. Ich bin erster Kassenwart des Pudelzüchterverbandes Ruhr-Lippe. Meine absolut wahre Geschichte, die ich nun erzählen werde, bezieht sich auf die Vorfälle beim diesjährigen bunten Abend unseres Verbandes im Essener Saalbau. Oder besser gesagt, es geht um unseren ehemaligen Präsidenten und seinen Auftritt an eben jenem bunten Abend.«

Pudelhauptstadt 2010!

Der alljährliche bunte Abend des Pudelzüchterverbandes Ruhr-Lippe fand auf den Tag genau vor zwölf Wochen im Essener Saalbau statt. Eigentlich treffen sich die Verbandsmitglieder immer erst im Juni, weil dann das Wetter meist schöner ist und die Frauen schickere Kleider tragen können. Es kommt nicht von ungefähr, dass weibliche Pudelbesitzer selbst einen starken Drang zu eleganten Auftritten in sich verspüren. Wer Pudel liebt, liebt Eleganz und weiß sehr genau, was Anmut ist. Deshalb kam für die Veranstaltung auch nur der Saalbau in Frage. Aber dieses Jahr ist das Ruhrgebiet Kulturhauptstadt, und das hat zur Folge, dass das Schmuckkästchen im Essener Südviertel fast komplett ausgebucht ist. Also mussten die Pudelfreunde ihr Fest notgedrungen in den März verlegen. Einige der Damen murrten zwar ob des frühen Termins, aber im Großen und Ganzen erschütterte die Vorverlegung die Pudelszene des Ruhrgebiets nicht. Für eine Erschütterung sollte ein anderes Ereignis an jenem Abend im Saalbau sorgen.

Hans Jürgen Wohlgefahrt hatte in seiner Funktion als Präsident des Verbandes der Pudelzüchter und Veranstalter des Abends in den verschickten Einladungen ausdrücklich und persönlich um Verständnis für die Terminverschiebung gebeten und darauf hingewiesen, dass Pudelliebhaber bekanntermaßen Glückskinder seien und allein schon deswegen an diesem März-

Abend ganz sicher ein laues Frühlingslüftchen wehen würde. Ihm war es ein besonderes Anliegen, dass der bunte Abend ein voller Erfolg würde und nicht von wetterbedingter schlechter Laune überschattet wird. Das Fest war nämlich seine eigene Schöpfung. Erst seitdem er Präsident war, trafen sich die verbandszugehörigen Pudelzüchter jedes Jahr in schicker Abendgarderobe im großen Alfried-Krupp-Saal, der – dem kapriziösen Anlass entsprechend – immer äußerst pompös hergerichtet wurde.

Verbandspräsident Wohlgefahrt wusste nur zu gut, wie er seine Macht auf dem Pudelthron festigen konnte. Seiner Meinung nach waren hauptsächlich die aufwändigen Feste der Grund dafür, warum er insgesamt fast zwölf Jahre lang dem Züchterverband Ruhr-Lippe vorgestanden hatte. Für ihn, den studierten Historiker, war das sonnenklar. Den Trick kannten schon die alten Cäsaren: Brot und Spiele! Leider konnte Hans Jürgen Wohlgefahrt seiner umfassenden klassischen Bildung zum Trotz nicht voraussehen, dass seine Schöpfung im Jahre 2010 zur glamourösen Kulisse seines eigenen dramatischen Unterganges werden würde.

Gegen die Mehrheit im Organisationskomitee setzte der Präsident das diesjährige Motto des bunten Abends selber fest. Es lautete: »Pudelhauptstadt 2010!« Einwände wurden geäußert, weil einige befürchteten, mit diesem Motto die Betreiber des Saalbaus und die Riege der Kulturhauptstadtmacher vor den Kopf zu stoßen. Aber Hans Jürgen Wohlgefahrt erwiderte ihnen in seiner präsidialen Allmacht, dass diese Kulturmafia ihm schon den Termin diktiert hätte – und das, ohne ihm im Gegenzug beim Mietpreis entgegenzukommen; ganz im Gegenteil, sie hätten sogar ordentlich was draufgeschlagen, weil, wie sie sagten, die Kultur eben alles teurer mache; dabei habe jeder Hinterhofpudel aus Wanne-Eickel mehr Kultur als diese Bande; und im nächsten Jahr stehe der Saalbau sowieso wieder die meiste Zeit leer, dann würden sie ihm hinterherrennen und die tollsten Angebote machen; dann, das schwöre er, würden sie sich an ihm die Zähne ausbeißen; und das Motto seiner Party lasse er sich von diesem Kulturpack nie und nimmer vorschreiben. Pudelhauptstadt 2010! Basta!

Seit der Gründung des Verbandes im Jahr 1956 hatte ihm nie eine Führungspersönlichkeit vorgestanden, die auch nur annähernd über so viel Charisma verfügte wie Hans Jürgen Wohlgefahrt. Es war schon bezeichnend für ihn, wie er sich mit diplomatischem Geschick und strategischem Weitblick im Eiltempo zum Präsidenten emporgeschwungen hatte. Im Vorfeld der Wahl versprach er allen großen Züchtern, die Hürden, die ein Pudel überspringen müsste, um vom Verband als Zuchttier anerkannt zu werden, drastisch zu erhöhen. Die zahlenmäßige Reduzierung von zur Zucht anerkannten Tieren durch den Verband erzeuge eine künstliche Pudelverknappung, die den Preis für reinrassige Hunde schließlich auf hohem Niveau stabilisieren würde. Die kleinen Züchter, mit nur zwei Würfen im Jahr, wollte er enger ins Zuchtprogramm der großen einbinden und ihnen so immer die besten Rüden zum Decken zur Verfügung stellen können. Nicht, dass die anderen Präsidentschaftskandidaten nicht durch ähnliche Ideen versucht hatten, die Verbandsmitglieder auf ihre Seite zu ziehen – sie konnten sie nur nicht so gut verkaufen wie der charismatische Hans Jürgen Wohlgefahrt. Der Wahlausgang kam einem Erdrutschsieg für ihn gleich.

Es stellte sich schnell heraus, dass Hans Jürgen Wohlgehahrt für die folgenden Krisen genau der richtige Mann an der Spitze des Verbandes war. Nur ein Jahr nach seinem Amtsantritt schwappte eine Billigpudelwelle aus Osteuropa ins Ruhrgebiet, und es zeigte sich, dass allein sein strenges Zuchtprogramm die Invasion von unreinen Mischlingen vorrangig aus Rumänien und der Ukraine abwehren konnte. Obwohl der Markt überschwemmt wurde, gab es weder Preiseinbrüche noch wurde das Blut der heimischen Pudel verwässert.

Hans Jürgen Wohlgefahrt sonnte sich in seinem Erfolg, und das gesamte Ruhrgebiet war stolz auf seine Pudel, die rein genetisch näher dran waren am Caniche, dem Urpudel aus der Bretagne, als jeder andere Pudel auf der Welt. Als der Präsident dann den ersten bunten Abend des Pudelzüchterverbandes Ruhr-Lippe im Saalbau ankündigte – damals noch unter dem simplen Titel: Essener Pudelball –, traf er damit genau ins Schwarze. Die gesamte Züchtergemeinschaft war lange schon der Auffassung, dass es höchste Zeit sei, sich selbst gebührend zu feiern.

Zehnmal hintereinander wurde der bunte Abend zu einem rauschendem Fest. Die Herren trugen Smoking und die Damen legten ihr Geschmeide an und übertrafen sich gegenseitig in punkto Eleganz, Raffinesse und Sex-Appeal. Bis in die frühen Morgenstunden hinein wurde getanzt und gelacht, und noch Monate danach war der Pudelball das Gesprächsthema unter den Züchtern. Einen nicht geringen Anteil daran hatte auch das Rahmenprogramm, mit dem sich die Organisatoren ständig selbst übertrafen. Ob Bauchredner, Kabarettist, Komiker, Zauberer oder Musiker – der Verband ließ sich nicht lumpen und engagierte durchweg hervorragende Künstler. Der Auftritt des lateinamerikanischen Profi-Tanz-Ensembles aus Recklinghausen war schon fast so etwas wie Tradition. Sein Auftritt war jedes Jahr wieder ein besonderer Glanzpunkt im hell erstrahlenden Ballsaal.

Die allgemeine Begeisterung unter den Pudelfreunden verschaffte der Szene im Ruhrgebiet ein besonderes Gefühl von Zusammengehörigkeit. Kein anderer Verband in Deutschland trat vergleichbar geschlossen auf wie die Ruhr-Lippe-Züchter. Dies war Hans Jürgen Wohlgefahrts Verdienst. Weswegen der Präsident sich in Gesprächen auch gerne mit König Artus verglich, denn wie der Sagenheld aus verstreuten Grafschaften und Fürstentümern ein geeintes Britannien geformt hat, so hat auch er mannigfaltige Züchterinteressen unter einen Hut gebracht.

Dabei waren Hans Jürgen Wohlgefahrts Absichten keinesfalls selbstlos. Auch wenn er gemeinhin als ein Mann mit Savoir-vivre galt, so lag ihm doch jede Art von Hedonismus fern. Er selbst profitierte als großer Züchter mit jährlich fast fünfzig Welpen von sechs Muttertieren am meisten von seiner eigenen Politik. Seine Zuchterfolge waren so außergewöhnlich, dass weit weniger als zehn Prozent seiner Welpen nicht den

Zuchtstatuten des Verbandes, die er selber formuliert hatte, entsprach. In allen Bereichen, ob Form, Wuchs, Eleganz oder Wesen, für jedes pudeltypische Detail hat er die Messlatte höher geschraubt. Gut ein Viertel aller Zuchttiere verloren daraufhin das Gütesiegel des Verbandes, das sie als reinrassigen, also zuchtfähigen Pudel auswies. Ohne Gütesiegel war ein Welpe nur noch halb so wertvoll, und gleichzeitig stiegen die Preise für Rassepudel, weil die seltener wurden. Neunzig Prozent von Hans Jürgen Wohlgefahrts Welpen stiegen durch seine Politik im Preis. Realistisch geschätzt, hat er seinen Zuchterlös damit verdreifacht.

Als ein Reporter vom Fachblatt »Alles für den Pudel« ihn in einem Interview einmal fragte, ob er nicht in einem Interessenkonflikt stecke, denn sehr viele Züchter, die das Gütesiegel verloren hatten, mussten heftige Umsatzeinbußen hinnehmen, während er sich den diesjährigen Champion der IPC, der International Poodle Convention in Las Vegas, als Deckrüden leisten könne, antwortete er: »Sehen Sie, es geht doch in erster Linie um den Pudel. Das war immer meine Prämisse, sowohl als selbständiger Züchter als auch als Präsident des Zuchtverbandes. Wenn uns die osteuropäische Billigpudelkrise eines gelehrt hat, dann dass wir das Blut des Pudels reinhalten müssen. Jede pudelfremde Erbanlage verwässert nicht nur das Blut des Caniche, sondern auch den Markt für seine Nachfahren. Und am Ende verlieren alle. Habe ich profitiert von meiner Politik? Natürlich. Aber es ist wie mit dem Papst: Wenn es ihm gut geht, geht es der Kirche gut; und in der Zucht geht es dem Pudel gut, wenn es den

Züchtern gut geht. Vergessen Sie nie: Die Quantität verdirbt den Preis, die Qualität hält ihn stabil.«

Nach Veröffentlichung dieses Interviews hatte Hans Jürgen Wohlgefahrt seinen Spitznamen in der Szene weg: Der Pudelpapst aus dem Ruhrgebiet. Ihm gefiel der Titel, sagte er seiner Meinung nach doch viel über sein Amt und sein Ansehen aus.

Alles in allem war er ein zufriedener Mann, dem es an nichts fehlte. Eine eigene Familie wollte er nicht. Seine Hunde waren seine Familie, um die er sich in jeder freien Minute kümmerte. Er war der erfolgreichste Züchter im Ruhrgebiet, er war der Pudelkönig der Königspudel. Sein Leben änderte sich allerdings abrupt, als Daisy, sein Lieblingspudel, im vorletzten Herbst völlig unerwartet an inneren Blutungen verstarb.

Daisy war eine anmutige pechschwarze Pudeldame mit ausgeprägter Mimik und geradezu schauspielerischem Talent gewesen. Leider kam sie mit nur einem funktionierenden Eierstock zur Welt, was sie natürlich für die Zucht unbrauchbar machte. Bis auf den Makel der Unfruchtbarkeit war sie aber ansonsten eine wahre Zierde ihrer Rasse. Das war auch der Grund, warum der Züchter Hans Jürgen Wohlgefahrt das Tier behielt. Er sprach immer von Liebe auf den ersten Blick, wenn er auf Daisy angesprochen wurde, und zwar Liebe von beiden Seiten. Eine Zeit lang hießen die beiden heimlich nur »Der Pudelpapst und seine bildschöne Nonne«. Aber ganz so heimlich blieb das dann doch nicht. Als es dem Präsidenten zu Ohren kam, hat er nur süffisant gelächelt und gesagt: »Wusste gar nicht, dass Hundezüchter so katholisch sind.«

Daisys Tod traf ihn völlig unvorbereitet. Sie war erst neun Jahre alt gewesen, also im besten Pudelalter. Ihr Herrchen war in der Folge ein geschlagener Mann. Hans Jürgen Wohlgefahrt vernachlässigte seine Zucht, und es wurde gemunkelt, dass er zu viel trinken würde. Einen Hund zu verlieren, ist wie den allerbesten Freund verlieren; diese oft von ignoranten Menschen belächelte Tatsache bestätigte Hans Jürgen Wohlgefahrt mit jedem Blick, mit jeder Geste und mit jedem seiner unzähligen Seufzer. Ein Mann kann kaum mehr leiden, als es der Präsident tat.

Als dann im Januar nullneun die Vorbereitungen für den nächsten bunten Abend begannen, stürzte er sich wie ein Besessener in die Arbeit. Am Ende kam dabei zwar eher so etwas eine grandiose Gedenkfeier für Daisy heraus, aber das nahm ihm keiner übel. Es wurde trotzdem ein amüsanter Abend für alle Beteiligten, und der Präsident betonte in seiner Schlussrede, dass er nun in angemessenem Rahmen habe Abschied von Daisy nehmen können und für ihn die Zeit des Trauerns vorbei sei. Mit viel Optimismus in der Stimme rief er dem Publikum zu:

»Der Königspudelkönig wird noch lange regieren. Und der Pudelpapst bleibt euch noch eine Weile erhalten.«

Sieben Wochen vor dem vorverlegten bunten Abend »Pudelhauptstadt 2010!« im Saalbau feierte der Präsident seinen siebenundfünfzigsten Geburtstag im Kreise seiner Pudel. Auch wenn er den Verlust seiner treuen Daisy tatsächlich verdaut zu haben schien, war er dennoch nicht mehr der Alte. Sein Ton war rauer geworden, und ihm riss oft der Geduldsfaden, wenn etwas nicht so lief, wie er es geplant hatte. Überhaupt war er leicht reizbar, und seine Wutausbrüche häuften sich. So erklärt sich auch sein undiplomatisches Gerede von Kulturmafia und Künstlerpack als Reaktion auf das Termindiktat der Saalbaubetreiber. Der Tod seines Lieblingspudels hatte ihn zynischer werden lassen, was besonders dann auffiel, wenn es ums Geschäft ging. Nicht, dass er seine Tiere schlechter behandelte, das auf keinen Fall. Aber wenn man mit ihm verhandeln musste, war er zu einem richtig harten Knochen geworden, der stur seine Preisvorstellungen durchsetzte und sich auch schon mal in der Wortwahl vergriff, wenn er in Rage geriet. So soll er zum Beispiel zu einem Rüdenbesitzer aus Gütersloh gesagt haben: »Von so einer Töle wie deinem Schmuddelpudel würde ich meine Weibchen nicht bespringen lassen, selbst wenn er der letzte fruchtbare Köter auf der Welt wäre.«

In der Begrüßungsrede zur »Pudelhauptstadt 2010!« war er allerdings eindeutig wieder mehr der charismatischen Pudelpapst als der herrschsüchtigen Königspudelkönig. Das Wetter war besser als erwartet, der Präsident gut gelaunt, seine Ansprache charmant und äußerst eloquent. Er begann mit einem kleinen Scherz:

»Einen wunderschönen guten Abend, liebe Pudelfreunde und liebe Pudelfreundinnen! Wie in jedem Jahr stehe ich hier vor Ihnen und bin hingerissen von so viel Schönheit und Eleganz. Dies reicht fürwahr dem Pudel zu Ehren, und wenn ich so manche Dame betrachte, gerät meine ansonsten feste Überzeugung, dass nur ein unverheirateter Mann ein langes glückliches Leben führen kann, gehörig ins Wanken. Sie sehen alle fantastisch aus – auch ohne Löwenschur.« Danach bedankte er sich bei denen, die mitgeholfen hatten, diesen einzigartigen Abend einmal mehr stattfinden zu lassen, und informiete über den weiteren Ablauf:

»Zu Ihrer Unterhaltung, meine Damen und Herren, haben wir erneut ein ebenso abwechslungsreiches wie außergewöhnliches Programm zusammengestellt. Mit dabei werden heute Abend sein: der aus Funk und Fernsehen bekannte Schlagergott aus Düsseldorf – Mike Müller; aus dem fernen Hessen angereist – Klaus von Hammerstein mit seiner aberwitzigen Wortakrobatik; und, last but not least – Rasputin, der große Mentalist; sein Auftritt wird Ihnen ganz sicher einiges Kopfzerbrechen bereiten, so viel sei bereits verraten. Zwischendurch wird es für sie natürlich ausreichend Gelegenheit geben, das Tanzbein zu schwingen – und zum krönenden Abschluss des Abends wird ihnen das Profi-Tanz-Ensemble aus Recklinghausen zeigen, wie es richtig geht. Doch zuvor, bon Appetit, Mesdames et Messieurs!«

Zu Ehren des Pudels, dessen Wurzeln in Frankreich liegen, wird das Menü des bunten Abends stets durch Gerichte der Haute Cuisine bestimmt. In diesem Jahr bestand es aus einer Avocadosuppe, einem Salade Rustique, Poulet à la Crème an Karottengratin und zum Nachtisch ein Himbeersorbet. Dazu wurden Bordeaux-Weine gereicht.

Gegen halb zehn trat Mike Müller auf und brachte mit seinen eingängigen Melodien ordentlich Schwung in den Laden. Der ihm folgende hessische Wortakrobat traf nicht so ganz den Nerv seines Publikums. Es mag daran gelegen haben, dass sein Gebabbel für Ruhrgebietsohren nur schwer verständlich war. Das kleine Stimmungstief konnte jedoch schnell überwunden werden, als die Herrschaften zum Tanz gebeten wurden. Pudelbesitzer lieben das Tanzen. Nur einige wenige, die schon zu alt oder körperlich nicht gut beisammen waren, blieben auf ihren Plätzen, alle anderen tummelten sich auf der Tanzfläche.

Auch Hans Jürgen Wohlgefahrt konnte sich den Rhythmen nicht entziehen. Er tanzte langsamen Walzer, schnellen Walzer, Cha-Cha-Cha, Rumba und den obligatorischen Foxtrott; erst beim Tango strich er lachend die Segel.

Alle hatten ihren Spaß, und mit ein wenig Phantasie konnte man ihre Bewegungen, ihre Haltung, ihre fließenden Bewegungen, ihre glitzernde Garderobe – und das alles in pompöser Dekoration – beinahe mit einer Pudeldressur im Zirkus vergleichen. Einige der Damen hatten sich gar ein Krönchen frisiert.

Die Musik verstummte gegen viertel nach elf. Erschöpft, aber glücklich und teils heftig transpirierend nahm die Gesellschaft wieder Platz. Das dauerte. Die meisten Damen drängten zu den Waschräumen, um ihr Make-up in Ordnung zu bringen, und nicht wenige Herren gingen ins Foyer eine rauchen.

Punkt Mitternacht erlosch für Sekunden das Licht im Saalbau. Dann blitzte ein einzelner Punktstrahler auf und erfasste mitten auf der Bühne einen Mann. Gleichzeitig ertönten über die Lautsprecheranlage zwölf Gongschläge, und als der letzte verklungen war, herrschte größte Aufmerksamkeit unter den Gästen. Es war Zeit für Rasputin, den großen Mentalisten.

Der Mann trug eine Maske und hatte einen schwarzen Smoking unter einem schwarzen Umhang an. Er hob langsam den Kopf, und die Zuschauer erkannten, dass die Maske die Form eines fröhlichen Gesichts hatte, das überhaupt nicht zu seiner Kleidung passte. Mit einer plötzlichen schwungvollen Armbewegung wechselte der Umhang seine Farbe von Schwarz in Weiß und das fröhliche Gesicht hatte sich in eine gemeine Fratze verwandelt. Eine tiefe, dämonische Stimme dröhnte aus den Lautsprechern:

»Nichts ist, wie es scheint. Und alles Wahre bleibt verborgen.«

Daraufhin waren einige zustimmende Äußerungen im Zuschauerraum zu vernehmen, und ein Pudelfreund rief für alle deutlich hörbar in den Saal:

»Das ist auch besser so!«

Ein nervöses Lachen ging um die Tische, während Rasputin bewegungslos durch seine furchteinflößende Maske in den verdunkelten Saal starrte. Die ersten Damen bekamen schon eine Gänsehaut, als er sich dann endlich rührte und die Maske abnahm. Dahinter kam ein gutaussehendes Gesicht zum Vorschein, das freundlich lächelte. Der Mentalist schnippte mit den Fingern, und das Licht im Saal ging wieder an. Mit warmer Stimme sagte er:

»Einen wunderschönen guten Abend und ein herzliches Willkommen allen Pudelfreunden aus dem Ruhrgebiet.«

Der Saal klatschte, und den angespannten Damen entfuhr ein gelöstes Kichern. Ohne Maske wirkte Rasputin richtig sympathisch.

Er nutzte den Applaus, um sich den vordersten Tischen ein paar Schritte zu nähern. In das vereinzelt noch anhaltende Händeklatschen hinein rief er:

»Mein Name ist Rasputin, ich mache in Magie. Da Sie alle, wie mir versichert worden ist, in Pudel machen, werden Ihre Mütter Ihnen bestimmt auch immer gesagt haben: Kind, werd doch was Vernünftiges! Oder?«

Er schaute sich fragend um und näherte sich dem ersten Tisch bis auf Armlänge. Ohne irgendwelche Reaktionen seines Publikums abzuwarten, reichte er dem Mann, der nun direkt vor ihm saß, die Hand.

»Wie ist Ihr Name, werter Herr?«

»Wolfgang Kratz!«

»Sind wir uns vorher schon einmal begegnet, Herr Kratz?«

»Nein, noch nie.«

Rasputin verdrehte merkwürdig steif den Kopf und schüttelte sich kurz. Dann ließ er die Hand von Herrn Kratz los und sagte triumphierend:

»Sie haben genau drei Fünfzig-Euro-Scheine, vier Zwanziger und einen Zehner in ihrer Brieftasche. Ihr Personalausweis ist noch bis November nächsten Jahres gültig und Ihre Kreditkarte läuft noch dieses Jahr aus. Denken Sie dran, sie zu ersetzen.«

Verblüfft kramte Herr Kratz in der Innenseite seines Jacketts. Er zog seine Brieftasche heraus und kontrollierte alle Angaben. Sie stimmten – exakt!

»Das gibt's doch gar nicht!«, staunte er.

Rasputin verbeugte sich vor seinem staunenden Publikum, schritt zu weiteren Tischen, pickte scheinbar wahllos jemanden heraus und verkündete nach einer kurzen Berührung, was er alles bei sich hatte, was ihn gerade an Sorgen plagte, worum sich seine Gedanken und Hoffnungen drehten und in wen er verliebt war. Nach Ende seiner Tisch-Runde stand er wieder auf der Bühne und wartete, bis die Ovationen leiser wurden. Dann kündete er an, dass er für seine nächste Nummer einen Gehilfen brauche.

Ob es Zufall oder Schicksal war, dass es unseren Präsidenten traf, liegt wie immer bei solchen Fragen allein im Ermessen des Betrachters. Er hatte sich auf jeden Fall nicht freiwillig gemeldet. Rasputin hatte ihn dazu gedrängt, indem er ihn einfach als Gehilfen auf nach oben bat, ohne ihn vorher zu fragen. Natürlich fand die Pudelgemeinde das toll. Sie klatschte sich die Hände wund und johlte ihn regelrecht auf die Bühne. Und der Präsident enttäuschte sein Volk nicht. Ohne zu ahnen, was auf ihn zukam, begab er sich zwar mutigen, aber auch ein wenig skeptischen Schrittes ins Rampenlicht. Zu recht, wie sich schnell herausstellen sollte.

Rasputins Finale war jedes Mal eine Hypnose-Nummer, in der er einen Zuschauer in Trance versetzte und ein wenig Unfug mit ihm trieb. Er war dabei nie bösartig oder gemein gewesen. Auf unzähligen Firmenjubiläen, Club-Abenden, privaten Veranstaltungen und sogar auf Hochzeiten hatte er seine Opfer nie wirklich bloßgestellt. Er hypnotisierte immer den Chef der Firma oder ein Elternteil der Braut oder eben einen Präsidenten. Er gab ihnen zum Beispiel eine Zitrone zu essen und behauptete, es wäre eine süße Birne, die sie dann im Trance-Zustand schmatzend kauten und sich dabei nicht mehr einkriegten, wie verdammt süß die Zitrone doch sei. Oder er redete ihnen ein, sie wären erst sechs Jahre alt und bekämen Schimpfe, weil sie so frech zu ihren Angestellten gewesen waren. Aus Erfahrung wusste Rasputin, dass über Führungspersonen besonders gerne gelacht wurde, und gleichzeitig konnten die ihren Untergebenen beweisen, dass sie durchaus Sinn für Humor hatten. Eigentlich stand also von vornherein fest, wer bei der »Pudelhauptstadt 2010!« veräppelt werden würde. Eigentlich hatte Hans Jürgen Wohlgefahrt keine Chance.

Der Präsident zelebrierte seinen Auftritt. Schmunzelnd drohte er denen mit erhobenem Zeigefinger, die besonders laut klatschten und johlten. Nachdem er Rasputin die Hand geschüttelt und ihm ebenfalls mit dem Zeigefinger gedroht hatte, verbeugte er sich mehrfach vor dem Publikum.

Rasputin spornte derweil die Zuschauer an. »Bitte einen großen Applaus für Ihren Präsidenten!«

Das Volk hatte bekommen, was es wollte, und einige stampften vor Begeisterung mit den Füßen, obwohl sie noch keine Ahnung hatten, was als Nächstes geschehen würde. Rasputin erklärte es ihnen, nachdem wieder Ruhe im Saal eingekehrt war:

»Ich werde Sie, sehr verehrter Herr Präsident, nun willenlos machen. Sie werden tief schlafen, und ich werde ein wenig mit den Fäden ihres Bewusstseins spielen. Bevor ich das aber tue, möchte ich Sie bitten, mir ein paar Fragen zu beantworten.«

Hans Jürgen Wohlgefahrt zeigte ihm den Vogel.

»Es ist nur ein Spaß, vertrauen Sie mir. Bei Rasputin sind Sie in guten Händen. Also: El Presidente, hatten Sie kürzlich eine Gehirnoperation?«

Alle im Saal lachten. Der Präsident schüttelte den Kopf.

»Oder irgendeine andere Krankheit? Physisch oder psychisch? – Nein? Sehr gut. – Sind Sie schwanger? Nehmen Sie Medikamente? – Auch nicht. Perfekt!«

Hans Jürgen Wohlgefahrt stand kopfschüttelnd auf der Bühne und lauschte belustigt den Fragen des Mentalisten. Schließlich sagte er:

»Ich lass mich trotzdem nicht hypnotisieren.«

»Aber Herr Präsident, Sie werden doch kein Spielverderber sein. Sehen Sie, ich habe bereits Konzernbosse, Spitzenpolitiker und sogar schon mal einen leibhaftigen Bischof hypnotisiert. Das ist nur ein harmloser Spaß. Ihre Freunde hier werden auf Sie aufpassen, nicht wahr?«

Im Saal war von allen Seiten zustimmendes Gemurmel zu vernehmen und entschlossenes Kopfnicken zu sehen.

Hans Jürgen Wohlgefahrt saß in der Zwickmühle. Sein Gesicht spiegelte seine Gedanken wider. Er wollte sich nicht hypnotisieren lassen, aber genauso wenig wollte er auf seinem eigenen Fest zum Spielverderber werden. Unhörbar für das Publikum tuschelte er ein paar Sätze mit dem Mentalisten. Rasputin nickte und gab Zeichen, den Saal zu verdunkeln.

Ein einziger Scheinwerfer wurde auf die Bühne des großen Alfried-Krupp-Saals im Essener Saalbau gerichtet. Und in der Mitte des Lichtkegels stand Rasputin vor dem Präsidenten und sagte mit getragener Stimme:

»Mach dich frei von deinem Geist. Du wirst müde. Die Augen fallen dir zu. Alles ist ruhig. Alles ist gut!«

Im Zuschauerraum wurde es mucksmäuschenstill. Hans Jürgen Wohlgefahrt lächelte zynisch und schüttelte den Kopf.

Rasputin legte ihm Daumen und Mittelfinger der rechten Hand auf die Schläfen und begann, mit den Fingern kleine Kreise zu ziehen, so, als wollte er massieren oder wäre auf der Suche nach einen bestimmten Punkt. Dann spreizte er die anderen Finger ab und drückte mit Kraft auf die Schläfen. Im gleichen Augenblick ging ein Ruck durch Hans Jürgen Wohlgefahrts Körper, und selbst die hinteren Reihen konnte erkennen, dass er leicht taumelte und sich mit geschlossenen Augen irgendwie marionettenhaft bewegte.

Im Zuschauerraum wurde es unruhig. Damen seufzten leise, Männer husteten und räusperten sich. Mit einer energischen Handbewegung gebot Rasputin ihnen Ruhe. Er sah sich den Hypnotisierten sehr genau an, dann fragte er ihn:

»Wer bist du.«

»Hans Jürgen Wohlgefahrt.«

»Was machst du von Beruf?«

»Ich bin der Königspudelkönig.«

Im Publikum wurde gekichert.

»Was machst du in deiner Freizeit?«

»Da bin ich der Pudelpapst.«

An dieser Stelle brach lautes Gelächter aus. Obwohl alle seine Spitznamen kannten, war es doch zu komisch, mit welcher Selbstverständlichkeit er sie ausgesprochen hatte. Mit dem Gelächter löste sich die Anspannung im Saal, und die Zuschauer wollten mehr, denn das hier schien wirklich lustig zu werden.

»Warum bist du der Pudelpapst?«

»Weil keiner Pudel so liebt wie ich.«

Das gefiel nicht allen im Raum. Das Murren war nicht zu überhören. Rasputin überspielte es und zeigte ein perfides Lächeln.

»Na, dann trifft es sich doch gut, dass wir zufällig einen wunderschönen Pudel dabeihaben.«

Er holte ein Stoffschwein aus einer Ecke der Bühne und stellte es vor dem Präsidenten ab.

»Sieh nur, Hans Jürgen, ist das nicht ein wunderschöner Pudel hier zu deinen Füßen?«

Das Murren im Publikum schlug in pure Schadenfreude um. Alle wollten sehen, wie der Pudelpapst einen Idioten aus sich machte.

Hans Jürgen Wohlgefahrt öffnete die Augen, und sein Gesicht erhellte sich, als er das Schwein sah. Er ging vor ihm auf die Knie, besah es sich ganz genau, fiel dem kuscheligen Stofftierchen um den Hals und rief mit sich überschlagender Stimme:

»Daisy, Daisy, endlich bist du wieder da!«

Das brach fast jedem im Saal das Herz. Alle wussten, wie sehr er an seiner Hündin gehangen hatte. Das »Ohhhh« war so laut, dass Rasputin ganz irritiert schaute. Mit weit hochgezogenen Augenbrauen stand er fragend vor seinem Publikum, während der Pudelpapst ganz aus dem Häuschen geriet. Er rollte sich mit dem Schwein über die Bühne und quiekte vergnügt.

Selbst Rasputin war von der Reaktion des Präsidenten überrascht. Später gab er zu, während der Vorführung für einen Moment den Faden verloren zu haben, sonst hätte er Hans Jürgen Wohlgefahrt ganz sicher vorher aus der Hypnose aufgeweckt.

Nur die Gäste an den Tischen, die unmittelbar vor der Bühne standen, konnten genau hören, was Hans Jürgen Wohlgefahrt alles zu dem Stoffschwein gesagt hat. Aber jedermann konnte sehen, wie der Präsident plötzlich aufhörte, über die Bühne zu rollen, sich hinkniete, das Schwein packte und es sich stoßweise gegen den Schritt stieß. Überliefert ist dabei folgender Wortlaut:

»Ahh, endlich bist du wieder da, du kleine Pudelschlampe. Ich hab dein hübsches Krönchen richtig vermisst. Hmh, möchtest du dem Papa erst die Eier lecken, oder soll der Papa dich direkt besteigen?«

Nach diesem Vorfall war Hans Jürgen Wohlgefahrt als Präsident des Pudelzüchterverbandes Ruhr-Lippe nicht mehr tragbar. Schon am nächsten Tag legte er all seine Ämter nieder. Nie wieder nannte ihn jemand den Pudelpapst aus dem Ruhrgebiet, stattdessen schimpften sie ihn den Pudelschänder aus Bredeney.

Eine Woche später nahm ihm der Tierschutzbund all seine Hunde weg. Niemand zweifelte mehr daran, wodurch Daisys innere Blutungen verursacht worden waren.

Hans Jürgen Wohlgefahrt war nicht nur ein Pudelschänder, er war auch ein Pudelmörder. Es wurde ihm per Gerichtsbeschluss untersagt, je wieder Haustiere zu halten. So endete in der »Pudelhauptstadt 2010!« die Regentschaft des Pudelkönigs der Königspudel.

Niemand sagte ein Wort im Hohlraum unter der Zweigertbrücke. Ich hörte das Feuer knistern und die Strömung des Rhein-Herne-Kanals, dessen Pegelstand nach wie vor hoch war. Ich wusste nicht so recht, ob ich angeekelt oder belustigt auf die Pudelschändung reagieren sollte. Die Geschichte hatte was echt Krankes; aber als ich mir dann wiederum den Pudel pimpernden Präsidenten vorstellte, konnte ich mir ein Grinsen nicht verkneifen. Ich glaubte der Geschichte, warum auch nicht? Das Ruhrgebiet ist voll von Perversen jeder Art, und sie treiben sich in jeder Gesellschaftsschicht herum. Ich hatte mal einen Chef, der stand auf richtig fette Weiber, so hundertfünfzig Kilo Wonneproppen und drüber, dabei war er selber nur ein Hering von knapp fünfzig Kilo. Und der Sohn meiner Nachbarin meint, er wäre eine Frau. Rennt immer nur in Röcken rum der Idiot und hat dabei einen Bartwuchs wie ein Orang-Utan. Ich lebe mitten im Revier. Perverse und Spinner sind meine Nachbarn. Warum soll also in Essen-Bredeney ein Pudelkönig nicht seinen Königspudel schänden!

Frank Görtz, der erste Kassenwart des Pudelzüchterverbandes Ruhr-Lippe, hatte zum Beweis offenbar ein Video von den Ereignissen im Saalbau auf seinem Handy, das er gerade den Kapuzenmännern vorspielte. Einer nach dem anderen sah es sich an, und jeder von ihnen zuckte dabei leicht in den Schultern, so, als würde er lautlos lachen. Schließlich sagte der Chronistensprecher:

»Gehe zurück auf deinen Platz, Anwärter! Deine Geschichte wird den ihren in der Ewigkeit finden.«

Der nächste Anwärter wurde ans Feuer geführt. Mir fiel sein leicht tänzelnder Gang auf. Außerdem hatte er wie die Wahren Chronisten ebenfalls eine Kapuze über den Kopf gezogen. Allerdings eine gelbe. Er trug so einen Friesennerz, eine gelbe Öljacke, die ihm bis zu den Knöcheln ging.

Der Anwärter kramte eine Zeitung aus einer der Seitentaschen und hielt sie ins Licht des Feuers. Dann las er mit ungewöhnlich tiefer Stimme vor:

»Aus dem Lokalteil der WAZ vom 1. Juni 2010: ›Mord in Vogelheim. Ein etwa 70 Jahre alter Mann wurde am gestrigen Tag in der Gaststätte Haus Mehring auf der Vogelheimer Straße niedergestochen. Der Täter habe laut Augenzeugenberichten die Gaststätte betreten, sei direkt auf das Opfer zugegangen und habe ihm ohne jede Vorwarnung ein Messer direkt ins Herz gestoßen. Das Opfer, der Obdachlose Hans M., war sofort tot. Vom Täter fehlt bisher jede Spur.‹«

Der Anwärter faltete die Zeitung wieder zusammen und steckte sie zurück in die Seitentasche. Dann räusperte er sich und begann zu erzählen:

Die Geschichte von Hans Meier, der in der Zeit verloren ging und dafür mit seinem Leben bezahlte

Das Schwierige an Zeitreisen ist, die geplante Ankunftszeit exakt zu treffen. Wird ein Mensch auf der Quantenebene durch die Zeit geschickt, kommt es durch die biologische Molekularstruktur des Reisenden zu Turbulenzen im Raum-Zeit-Kontinuum. Dasselbe passiert auch bei Tieren und in abgeschwächter Form bei Pflanzen. Nur tote Gegenstände können exakt in die gewünschte Vergangenheit zurückgeschickt werden. Der Wissenschaft ist es bisher nicht gelungen, dieses Problem in den Griff zu bekommen. Die Erfahrungen mit Zeitreisen zeigten jedoch eindeutig, je weniger lebendiges Gewebe auf die Reise geschickt wird, desto näher kommt es der Zielzeit. Deshalb haben die Terrestrischen Konsultanten beschlossen, so lange nur Rentner zurück in die Zeit zu schicken, bis das Problem der exakten Bestimmung der Ankunftszeit behoben werden kann.

Obwohl es eigentlich unnötig erscheint, soll an dieser Stelle trotzdem erwähnt werden, dass Zeitreisen selbstverständlich nur in die Vergangenheit möglich sind. Denn die Zukunft existiert noch nicht. Und wie sollen Reisen in eine Zeit möglich sein, die noch nicht stattgefunden hat?

Reisen in die Vergangenheit sind vergleichbar mit einer Fahrt auf einer Achterbahn. Die ersten Dekaden jagt der Reisende einen steilen Abhang hinunter und wird immer schneller. Nach etwa hundert Jahren nimmt die Beschleunigung erstmals ab und bleibt dann etwa bis zur Renaissance halbwegs kontrollierbar. Danach beschleunigt sich der Transport wieder und saust durch das Mittelalter, bevor der Passagier fast schon gemütlich in weniger als drei Nanosekunden durch dreihundert Jahre Antike reist. Die zeitliche Berg- und Talfahrt hat im Übrigen nichts mit den unterschiedlichen Epochen zu tun, die der Reisende durchquert. Vielmehr findet dieses Phänomen seine Ursache in den schwerkraftbedingten Verschiebungen im Raum, den unterschiedliche Gravitationskräfte auch auf Quantenebene so sehr verzerren, dass die Wegstrecke durch die Zeit in der Tat dem Streckenprofil einer quantenkosmischen Achterbahn ähnelt.

Die Zeit vor der Antike wird dann völlig diffus. Vermutlich liegt es daran, dass an dieser Stelle sowohl die durch den Transporter verursachte Krümmung der Zeitachse als auch die schwerkraftbedingte Raumkrümmung Scheitelpunkte bilden, die sich an exakt dieser Srelle berühren. Die Tangente von Raum und Zeit verschließt den Durchgang an der Schwelle zur Frühgeschichte der Erde; zumindest ist dies die vorherrschende wissenschaftliche Meinung. Fakt ist: Keiner der Rentner, die bisher so weit in der Zeit zurückgeschickt wurden, ist je wieder aufgetaucht. Passiert der Reisende den Beginn des achten vorchristlichen Jahrhunderts, bricht der Kontakt zu ihm abrupt ab.

Es versteht sich von selbst, dass nicht jeder Rentner für eine Zeitreise in Frage kommt. Auch wenn sich die Strapazen unterwegs in Grenzen halten, so ist doch die konditionelle Verfassung ein erstes wichtiges Auswahlkriterium. Im Grunde sind Zeitreisen zwar für den menschlichen Körper nicht gefährlich, wenn sie, wie erwähnt, nicht weiter als bis zur Antike zurückgehen. Die Rückkehrer klagen lediglich über ein leichtes Unwohlsein während des Transports; in etwa vergleichbar mit der Seekrankheit. Aber eine körperlich gute Verfassung erhöht die Wahrscheinlichkeit auf ein gewisses Maß an Stabilität, was die Psyche betrifft. Denn die seelischen Belastungen sind schon enorm, wenn man durch die Zeit reist.

Die psychologischen Tests, die alle in Frage kommenden Kandidaten vor Antritt einer Zeitreise durchlaufen müssen, sind von enormer Relevanz. In einer Zeit zu existieren, in die man nicht hineingehört, kann negative Auswirkungen auf die eigene Wahrnehmung zur Folge haben. So berichten einige, dass sie in der fremden Zeit paranoide Züge an sich entdeckten, weil sie sich immer und überall wie ein Fremdkörper fühlten. Darüber hinaus klagen die Zeitreisenden, dass ihnen das raue, oft aggressive und durch und durch egoistische Wesen der Menschen vor der Weltrevolution sehr zu schaffen gemacht habe. Mord und Totschlag sind in jener Epoche noch an der Tagesordnung. Todesangst war ihr ständiger Begleiter. Darauf müssen Zeitreisende vorbereitet werden.

Höchste Priorität jedoch hat die Einhaltung der obersten Direktive. Der Ablauf der Geschichte darf auf keinen Fall beeinflusst werden. Und die Versuchung, sich einzumischen, ist groß. Aber wird nur ein winziges Detail der Geschichte verändert, entstehen Zeitparadoxien, deren Auswirkungen auf die Gegenwart sich als fatal erweisen können. Und um zu verhindern, dass einer der Rentner auf eigene Faust das Rad der Zeit ins Trudeln bringt, wird den Kandidaten mit aller psychologischer Raffinesse eingetrichtert, was sie während ihrer Reise strikt zu unterlassen haben.

Abgesehen von den paar Rentnern, die in der Antike verloren gingen, sind bisher insgesamt 47 Menschen durch die Zeit gereist – und kamen allesamt gesund und munter wieder zurück. Acht von ihnen waren so nahe an ihre Zielzeit gelangt, dass sie tatsächlich zu Zeitzeugen werden konnten. Dabei betrug die größte Abweichung zum Ereignis drei Jahre, die der Reisende dann in dieser Zeitperiode untertauchen musste. Einer schaffte es sogar bis auf drei Tage an das blutige Ende der Märzrevolution heran. Er sah mit an, wie die Reichswehr am 7. April 1920 in Essen einmarschierte und wie die auf Rache sinnenden Soldaten verletzte Aufständische mit ihren Gewehrkolben erschlugen. Mehr als zehntausend Menschen flüchteten, Hunderte wurden standrechtlich erschossen, die Reichswehr brandschatzte das Ruhrgebiet – und mittendrin, als stiller Beobachter, ein älterer Herr aus der Zukunft. Er hätte die Aufständischen warnen können, und nachdem er das Massaker mit eigenen Augen gesehen hatte, fragte er sich oft, ob er es nicht tatsächlich hätte tun sollen.

Alle 47 Zeitreisenden haben sich also an die oberste Direktive gehalten. Ihre Augenzeugenberichte beflügelten die Arbeit der Archäologen und Historiker. Sie konnten aus einer Wissensquelle schöpfen, die nicht nur authentisch, sondern absolut real ist. Nur dafür wurden überhaupt Zeittransporter entwickelt.

Das epochalste Ereignis in der Geschichte überhaupt wurde allerdings bisher achtzehn Mal deutlich verfehlt. Auf der Zeitachse liegt es direkt am Ende der ersten Beschleunigungsphase; dort, wo der Transporter die höchste Geschwindigkeit erfährt. Bei diesem Tempo das richtige Zeitportal zu erwischen, ist pures Glücksspiel. Zweimal ging es nur ganz knapp daneben, aber leider landeten beide Reisende schon in der Zeit nach dem weltverändernden Ereignis.

Erst Zeitreisender *f*48 erwischte ein Portal unmittelbar vor 2011, dem Jahr, in dem die Menschheit begann, ihre Überlebensstrategie fundamental zu verändern. Leider war es ausgerechnet *f*48, der sich nicht an die oberste Direktive hielt.

Seine Mission lautete, ins damals noch Ruhrpott genannte Territorium zu reisen und dort Augenzeuge des Auslösers für die spätere Weltrevolution zu werden. Die Geschichtsbücher datieren den Vorfall auf das Jahr 2011 und vermerken ebenfalls die exakten Koordinaten des Ortes, an dem es geschah. Allerdings ist über den Verlauf der tatsächlichen Ereignisse damals nur sehr wenig bekannt. Bisher gehen die Historiker davon aus, dass extrem impulsives Verhalten aller Beteiligten die Ursache für den spontanen Ausbruch dieses letzten, dieses ultimativen Aufstandes der Massen war. Allerdings werden die Rufe der Kritiker dieser Theorie immer lauter. Sie bezweifeln, dass ungeplantes Vorgehen überhaupt zu solch drastischen Veränderungen in den sozialen Strukturen der gesamten Menschheit führen konnte. Insbesondere bei allem, was man bisher über die Bewohner des Ruhrpotts in Erfahrung gebracht hat:

Impulsives Verhalten war den Menschen im Ruhrgebiet zwar unbedingt zuzutrauen, daran zweifelte niemand; aber dass ausgerechnet diese genetische Mischpoke aus so vielen unterschiedlichen Weltanschauungen und einer Unzahl an individuellen Interessen der Welt den Weg in das goldene Zeitalter gezeigt haben soll, daran bestanden doch erhebliche Zweifel. Denn die Weltrevolution brachte Frieden und Wohlstand für die gesamte Menschheit. Die Völker der Erde arbeiten seither Hand in Hand an ihrer gemeinsamen Zukunft. Hunger und Kriege und Unterdrückung und Ausbeutung sind längst Geschichte. Und alles begann damals, am 6. Juni 2011, in einer Gaststätte mit Namen Haus Mehring, an einem Ort, der damals offiziell Essen-Vogelheim genannt wurde, inoffiziell aber schon längst nur noch Hartz-IV-City.

*f*48 hatte im Vorfeld alle Tests mit Bravour bestanden. Er wurde mental bestmöglichst auf die extrem rohen Sitten und Gebräuche des vorrevolutionären Ruhrpotts vorbereitet, hauptsächlich indem er lernte, wie er möglichst überzeugend einen klapprigen, senilen Alten spielt. Grundsätzlich gilt: Jeder Mensch aus dem Ruhrpott zu Beginn des 21. Jahrhunderts ist eine tickende Zeitbombe. Bei Kontakt mit einem von ihnen muss der Reisende absolut friedfertig und wehrlos erscheinen, sonst ist sein Leben ernsthaft in Gefahr. Wie seine Vorgänger wurde auch *f*48 auf die sprachlichen Besonderheiten der Epoche hingewiesen. Für seine Mission hieß das, möglichst in jeden Satz einmal das Wort »Ey« oder auch »Boh ey« einfließen zu lassen. Auch musste er sich auf eine recht eigensinnige Grammatik einstellen, deren bizarre Auswüchse mit denen der afrikanischen Klick-Sprachen, auch Khoisan-Sprachen genannt, vergleichbar sind.

Wie alle Zeitreisenden vor ihm wurde auch *f*48 von einer mitfiebernden Menschheit herzlich verabschiedet, die ihm für seinen Wagemut größte Bewunderung entgegenbrachte. Aber seine Reise stand von Anfang an unter keinem guten Stern. Egal in welcher Dimension ein Mensch sich auf den Weg von A nach B macht, unterwegs kann immer viel passieren. Was aber mit *f*48 geschah, war schon tragisch.

Die Zukunft erfuhr von den Vorkommnissen rund um *f*48 erst, als *f*46 zurückkehrte. Er war einer der beiden Zeitreisenden, die kurz nach dem Zieldatum angekommen waren. Seine Mission hatte ihn ins Frühjahr des Jahres 2012 verschlagen, in eine Zeit also, in der die kleinen Vorstadtunruhen im Essener Norden sich bereits auf das gesamte Ruhrgebiet ausgebreitet hatten. Um zu verhindern, dass sich die einzelnen revolutionären Zellen vereinigen könnten, hatte die damalige Obrigkeit versucht, mit Hilfe von Armeetruppen die Ost-West-Achse von Duisburg bis Dortmund zu blockieren und so die großen Städte, in denen es besonders brodelte, vom Nachschub an Lebensmitteln abzuschneiden. Zwei Dinge verhinderten dieses Vorhaben: zum einen das weit verzweigte unterirdische Netz aus Stollen und Streben; zum anderen das Internet. Nachschub und Kommunikation waren also zu diesem Zeitpunkt das geringste Problem der Aufständischen im Ruhrgebiet.

Erst viel später, im Jahr 2025, wurde im Rahmen der Kampfhandlungen die damals weit verbreitete Urversion des Internets von den Feinden der Revolution virologisch zerstört. Die Inhalte galten viele Generationen lang als verloren. Erst die Möglichkeit, durch die Zeit zu reisen, weckte wieder Hoffnung, diese riesige historische Informationsquelle doch noch anzapfen zu können. *f*46 war es als Erstem gelungen, auf das vorrevolutionäre globale Datennetz zuzugreifen, das, wie sich bei genauerer Betrachtung leider herausstellte, zu großen Teilen lediglich ein Tummelplatz für Spinner und Perverse war.

Dem Mut von *f*46 ist es zu verdanken, dass zumindest ein Teil dieses prähistorischen Netzwerkes gerettet werden konnte. Unter Lebensgefahr hat *f*46 in aller Heimlichkeit monatelang Kopien der Inhalte gezogen. In jenen Tagen beherrschten revolutionäre Milizen das Straßenbild des Ruhrgebiets. Und die waren nicht gerade dafür bekannt, mit vermeintlichen Spionen zimperlich umzugehen. *f*46 hatte sich fest vorgenommen, trotzdem so lange zu bleiben, bis sich das Ruhrgebiet im Jahre 2016 von der Bundesrepublik Deutschland abspalten und sich zum »Freistaat Ruhrpott« erklären würde. Diesen Meilenstein der Revolution wollte er in keinem Falle verpassen. Aber dann stolperte er ein Jahr zuvor über eine audiovisuelle Aufnahme aus dem Jahr 2010, die ihn zwang, sein Vorhaben abrupt abzubrechen und sich sofort in die Zukunft zurückzubegeben.

Das Video lag verborgen in den Archiven eines urzeitlichen Internetportals mit Namen youtube. Laut

Statistik wurde es elf Mal aufgerufen und bekam als Bewertung nur einen von fünf möglichen Sternen. Im Vergleich mit anderen Aufzeichnungen auf youtube war das praktisch nichts. Das Video konnte demnach in der Vergangenheit keine großen Wellen geschlagen haben. In der Zukunft jedoch setzte es die Menschheit unter Schock.

In äußerst verwackelten Bildern zeigt das aufgefundene Video, wie *f*48 in völliger geistiger Umnachtung die oberste Direktive verletzt. Seine Kleidung lässt auf einen sehr schlechten Allgemeinzustand schließen, zumal auch seine Hygiene starken Schaden genommen hat. Unrasiert und ungewaschen, mit Lumpen am Körper und langem grauen Haar ist er exakt dort zu sehen, wo keine fünf Monate später die Weltrevolution zu keimen begann. Der Ort wurde damals Haus Mehring genannt und war das, was im Ruhrpott schlicht als Kneipe bezeichnet wurde.

Zeitreisender *f*48 hockt in dem Video am Tresen von Haus Mehring auf einem Barhocker und blickt in eine Kamera, die ihn filmt. Um ihn herum ist es ruhig. Es ist nicht viel los im Haus Mehring. Im Hintergrund sind verhaltene Stimmen zu hören, und hinter der Theke läuft gelegentlich ein Mann durchs Bild, von dem meist nur die untere Körperhälfte zu sehen ist. An der Wand stehen viele volle Flaschen und leere Gläser in einem Regal. Das Ganze wirkt leicht schmuddelig. In der Ecke hängt eine halb verbrannte blauweiße Fahne, auf der in Schreibschrift zu lesen ist: »Ich sitz aufen Scheißhaus und hab kein Papier, da nehm ich die Fahne von Schalke 04«. Über der Fahne hängt, hübsch eingerahmt, ein Zeitungsausschnitt. Auf dem steht in großen Lettern gedruckt: »Rot-Weiß Essen – Deutscher Fußballmeister 1955.«

Die schlechte Ton- und Bildqualität der Video-Aufnahme lässt darauf schließen, dass sie mit einem der damals weit verbreiteten mobilen Kommunikationsgeräte aufgezeichnet wurde. Aber trotz der technischen Beeinträchtigungen ist es ganz sicher *f*48, der in die Kamera lallt:

»Für fünf Tequila erzähl ich dir meine Geschichte!«

Daraufhin ist zu hören, wie der Mann hinter der Kamera ruft:

»Gib ihm fünf Doppelte, Albert!«

Woraufhin *f*48 sich gierig die Lippen leckt und mit seinem Vortrag beginnt:

Vor genau sechs Monaten und drei Tagen bin ich mitten in der Nacht in der Walkmühle, hier gleich um die Ecke, in eurer Zeit angekommen. Wie geplant, führte mich das Zeitportal direkt zum Gedenkstein für Friedrich Krupp, dem Mann, der zweihundert Jahre vor meiner Ankunft an exakt dieser Stelle seinen ersten Reckhammer erbaut hat. Mir war etwas schummrig von der Reise, und ich war etwas orientierungslos, als ich ohne jede Vorwarnung zu Boden geschleudert wurde und jemanden sagen hörte:

»Ey, Alter, hä? Wo kommst du denn auf einma her? Hab misch voll erschreckt, Alter, isch schwör, ey!«

Schemenhaft erkannte ich in der Dunkelheit ein Paar goldberingte Fäuste, die nervös vor meiner Nase herumfuchtelten. Durch den heftigen Stoß, der mich erst mit voller Wucht gegen den Gedenkstein und dann auf den harten Untergrund befördert hatte, fühlte ich mich ziemlich benommen, und alles um mich herum schien sich immer weiter von mir zu entfernen. Fast wäre ich in Ohnmacht gefallen, da packten mich die Fäuste am Kragen und zogen mich hoch. Durch die abrupte Bewegung wurde ich wieder hellwach und erfasste mit Schrecken, dass mich ein muskelbepackter Türke mit großflächig tätowierten Armen und schweren Goldketten um den Hals und an den Handgelenken am Kragen hatte. Ich stotterte:

»Es tut mir … ich meine, es war nicht meine … ich wollte gar nicht …«

Da fiel mir ein, was mir über die Besonderheiten der Ruhrpott-Sprache Anfang des 21. Jahrhunderts beigebracht worden war, und ich fügte vorsichtig hinzu:

»Boh ey?!«

»Fresse!«, bellte der Türke.

Ich war seinem Gesicht so nah, dass ich seine Alkoholfahne riechen konnte. Er war offensichtlich in extrem schlechter Stimmung und obendrein aufs Äußerste gereizt. Hektisch schaute er sich um, sah aber weit und breit nichts als stockfinstre Nacht. Schließlich zischte er mich an:

»Hasse wat bei dir, Alter?«

Ich verstand nicht, was er von mir wollte, aber so langsam wurde mir klar, warum die Psychologen mich vor den rauen vorrevolutionären Sitten und Gebräuchen im Ruhrpott gewarnt hatten. Die empfohlene Schutzmaßnahme, sich wie ein klappriger, seniler Feigling zu verhalten, war in diesem Moment keineswegs gespielt.

Wie sagt man hier doch so schön? Mir ging der Arsch auf Grundeis!

»Komm schon, Alter! Rück den Zaster raus!«, zischte er eindringlich und schüttelte mich.

Ich war wie erstarrt, konnte mich nicht rühren, und sehr schnell verlor der Türke die Geduld mit mir.

»Ey, hör mir zu ey! Isch will dir nix tun, klar? Aber isch schwör, Alter, isch hab grad meine ganze Kohle verzockt, verstehsse? Und da kommst du Mumie mir gerade recht. Also los, Euros anne Sonne, sonst zieh isch dich auf links, ey!«

Wieder schüttelte er mich, und ich spürte die schweren Ringe an seinen Fingern, die hart gegen meinen Kiefer drückten. In meinem Leben hatte ich noch nie solche Angst empfunden. Auf keinen Fall wollte ich auf links gezogen werden, aber mein Körper gehorchte mir nicht. Irgendwie brachte ich dann doch ein verzweifeltes Nicken zustande. Der Türke löste daraufhin seinen Griff, und ich sackte zu Boden.

Am ganzen Körper zitternd, hockte ich im Dreck. Mit der Schulter lehnte ich an den Gedenkstein für Friedrich Krupp und dachte an die Worte des Psychologen:

»Sie sind rau in ihrer Art, die Menschen im Ruhrgebiet zu Beginn des 21. Jahrhunderts. Rau, aber herzlich.« – Von wegen rau. Und von wegen herzlich. Unter das übelste Proletenpack war ich geraten.

»Ey, mach hinne, Alter!«, raunzte der Türke und trat nach mir.

Er sah mich ganze drei Sekunden lang an, wie ich versuchte, meinen Mantel mit zittrigen Fingern zu öffnen, dann riss ihm der Geduldsfaden. Er kniete sich neben mich und zerrte an den Knöpfen. Die letzten beiden flogen im hohen Bogen durch die Gegend. Er griff in die Innentasche meines Mantels und zog die Brieftasche heraus. Darin befanden sich vier auf mich ausgestellte Personalausweise, die sich nur in der Angabe des Geburtsdatums unterschieden und darin, dass sie zusammen eine Geltungsdauer von zwanzig Jahren besaßen. Zeitreisen sind nämlich, was das Ankunftsdatum betrifft, nicht besonders präzise, deshalb braucht man in seinen Papieren eine gewisse Gültigkeitsspanne. Außerdem hatte ich in der Brieftasche mein gesamtes Reisebudget in Höhe von dreißigtausend Euro und für den Fall, dass ich ein Zeitportal vor der Währungsumstellung erwischen sollte, denselben Betrag noch einmal in D-Mark. Ohne Geld und ohne Ausweise wäre ich verloren. Meine einzig verbliebene Option wäre gewesen, die Mission abzubrechen und sofort wieder in die Zukunft zurückzureisen.

Ich hörte, wie der Türke meine prallgefüllte Brieftasche durchsuchte.

»Isch werd bekloppt, ey!«, jubilierte er. »Dat sind alles Hunderter, isch schwör, Alter, ey. Dat sind … warde ma … ey das sind krasse dreißig Mille. Und wat is dat fürn Zeug? Ahh, du blöder alter Arsch, schleppt der noch Mark mit sich rum, ey. Wo hast du denn dat ausgecheckt? Kann man dat überhaupt noch umtauschen?«

Trotzdem steckte er das ganze Geld ein.

Etwas von dem, was er gesagt hatte, zeigte eine unverhofft beruhigende Wirkung auf meine Nerven. »Kann man dat überhaupt noch umtauschen?«, hatte er gefragt. Das hieß doch, dass ich mich in einer Zeit deutlich nach der Euro-Umstellung, also nach dem Jahr 2001, befinden musste. Um mich herum sah es nicht so aus, als wäre gerade eine Revolution in Gange. Und ganz bestimmt war sie noch nicht beendet, denn danach gibt es keine Raubüberfälle mehr. Also musste ich ganz nahe dran sein am Juni 2011, der Keimzelle einer besseren Welt.

»Ey, welches Datum haben wir, boh ey?«, fragte ich den Türken mit belegter Stimme.

»Hä? Wat? Hasse wat gesacht, du Spasti?«, erwiderte er.

»Ich möchte nur das heutige Datum wissen, boh ey«, wiederholte ich meine Frage.

»Datum? Wat is? Hasse keine andern Sorgen, du alten Furz?«

Er warf mir meine Brieftasche vor die Füße. Die Ausweise darin hatte er gar nicht bemerkt. Ich streckte meinen Arm aus, um sie an mich zu nehmen. Als ich das tat, entdeckte der Türke den Zeittransporter, der wie ein schwerer Ring auf meinem rechten Zeigefinger steckte. Er bückte sich zu mir herunter, und noch bevor ich erwähnen konnte, dass es sich dabei nicht um einen Ring aus wertvollem Gold handelt, sondern er aus hochverdichteter Antimaterie besteht, die nur golden schimmert, weil sie durch ein tripolares Magnetfeld komprimiert wird, hatte er bereits meinen Arm gepackt und zog mir meine einzige Hoffnung auf eine Rückkehr in meine Zeit vom Finger. Ich bettelte und jammerte und winselte, er möge das Geld einstecken, das sei doch genug, mir aber bitte, bitte, bitte nicht den Ring wegnehmen. Ich war verzweifelt, und in meiner

Verzweiflung rutschte ich auf Knien zu ihm und fasste ihn am Saum seiner Jacke und flehte ihn an. Er aber sagte nur:

»Ey, du Dreckspenner! Nimm deine Fettfinger von meine Jacke. Die is von Dolce und Gabana, du Nullchecker!«

Er packte mich im Nacken und schmiss mich zurück auf den Gedenkstein.

Dann verließ er mich, und ich kauerte auf dem Boden, weinte, war ohne jede Hoffnung auf Rückkehr in meine schöne, friedliche, ach so ferne Welt. Durch von Tränen getrübte Augen starrte ich in die Richtung, in die er verschwand. Schon nach ein paar Schritten verschluckte ihn die Dunkelheit. Ich konnte nur seine stampfenden Füße hören, als würde er Luftsprünge machen. Dann erklang seine Stimme aus weiter Ferne:

»Allah is groß! Allah is weise! Isch schwör, alter Mann. Check dat aus, ey! Juhu!«

Mit dem Gedanken, ich sei verloren in der Zeit, legte ich meinen Kopf auf den kalten Gedenkstein für Friedrich Krupp und fiel in Ohnmacht.

Als ich wieder zu mir kam, dämmerte bereits der Morgen. Es war kalt, meine Kleidung war klamm und dreckig und meine Glieder schmerzten von dem harten Untergrund, auf dem ich lag. Durch den Morgendunst drängte sich Fäkaliengestank, der wohl aus einem Abwasserkanal kam, der nur ein paar Schritte entfernt dahinplätscherte. Ich dachte ernsthaft darüber nach, einfach im Dreck liegen zu bleiben und auf den Tod zu warten, als ich plötzlich eine Stimme hörte:

»Guten Tag, der Herr. Hoffe, gut geschlafen zu haben.«

Es knackte in all meinen Gelenken, so schnell fuhr ich herum. Ein Mann kam auf mich zu. Mit der einen Hand zog er einen Einkaufswagen hinter sich her, mit der anderen hielt er eine Flasche fest umklammert. Hinter einem wilden Bart lächelte er aus einem zahnlosen Mund. Er trug mehrere Jacken und Hosen übereinander und stank drei Meilen gegen den Wind.

»Ich störe dich doch nicht?«, fragte er höflich.

Unter stechenden Schmerzen in jedem meiner Knochen rappelte ich mich hoch. Es ging soweit ganz gut, nur die Streckung der Wirbelsäule wollte nicht so recht gelingen. Mit gebeugtem Oberkörper drehte ich mich dem Fremden zu, der sich daraufhin ebenfalls verbeugte. Sein Verhalten verblüffte mich. Ich konnte einen Blick in seinen Einkaufswagen werfen und sah, dass sich neben mehreren Plastiktüten auch ein ganzer Haufen leerer Dosen darin befand.

»Oje!«, sagte er, »mit meinen arthritischen Knochen sollte ich solcherlei Verbiegungen meines Rückgrats eigentlich vermeiden.«

Er kam gemächlich auf mich zu und streckte mir seine Hand entgegen.

»Mein Name ist Wolfgang Krupp, leider weder verwandt noch verschwägert mit dem Kerl, auf dessen Gedenkstein du zu ruhen gedachtest. Aber auf der Straße nennt man mich ›Professor‹. Wie ist dein Name, Freund?«

Ich streckte meinen steifen Oberkörper und drückte mich mit beiden Händen auf den Oberschenkeln nach oben. Dabei nannte ich stöhnend meinen Decknamen: »Ey, Hans Meier. Angenehm, Herr Krupp, boh ey.«

»Was ist denn mit dir los? Du redest ja merkwürdig. Dabei siehst du gar nicht aus wie ein Prolet. Na ja, hier redet sowieso jeder, wie ihm der Schnabel gewachsen ist. Aber nenn mich bitte Professor. Nur die Pharisäer auf dem Amt nennen mich Herr Krupp. Für meinen Geschmack spricht diese heuchlerische Bande von Bürokraten meinen Namen immer eine winzige Nuance zu spöttisch aus. Als wäre es eine Schande, dass so jemand wie ich so einen Namen trägt. Deswegen mag ich den Namen nicht besonders. Ich hätte auch gern so einen Allerweltsnamen wie du. Hans Meier: Ich verwette all meine Dosen darauf, dass dein Vor- und Zuname die häufigsten in ganz Deutschland sind.«

Das sind sie in der Tat. Zumindest in den Dekaden, in die meine Geburt hätte fallen können. Bei Zeitreisen treten Toleranzen von bis zu zwanzig Jahren auf. Für meine Mission bedeutete das, dass ich – meinem Alter entsprechend – irgendwann zwischen den vierziger und sechziger Jahren des zwanzigsten Jahrhunderts geboren sein musste. Und in diesen Dekaden waren die Namen Hans und Meier statistisch die häufigsten. Auf solche Details wird bei Zeitreisen penibel geachtet. Wie man sich jedoch verhalten soll, wenn einem der Transporter abhanden kommt, da bleiben die Vorschriften eher vage. In Deckung bleiben!, heißt es da; und: Bloß nicht auffallen! Auf keinen Fall die oberste Direktive verletzen und das Risiko eingehen, womöglich die Zukunft zu verändern! Am besten, man stirbt schnell; das verringert das Risiko.

Wolfgang Krupp, der Professor, stand mir gegenüber und beobachtete, wie ich durch Drehen des Kopfes versuchte, meinen Nacken zu entspannen. Er verzog jedes Mal das Gesicht zu einer Grimasse, wenn meine Knochen besonders laut knackten. Der Professor zeigte sich als ein mitfühlender Mensch. Er überprüfte den Pegelstand in seiner Flasche, wischte einmal mit seinen schmutzigen, fingerlosen Handschuhen über den Flaschenhals und reichte sie mir mit den Worten:

»Nimm einen Schluck, Hannes. Das wärmt die Innereien.«

Es war ein Höllenfeuer, das in mir losbrach. Für einen Augenblick dachte ich, der Professor wäre noch gemeiner als der Türke, weil er mit freundlichen Worten kommt und einem dann ätzende Säure zu trinken gibt. Meine Speiseröhre brannte, als hätte ich glühendes Eisen verschluckt. In meinem Magen gab es eine Explosion, deren Wucht meine Organe erschaudern ließ. Aber das Feuer wütete nur einen kurzen Moment, gerade lange genug, um meinen alten Körper auf eine angenehme Betriebstemperatur zu bringen. Es war, als würden meine Eingeweide sich nach einem Winterschlaf genüsslich recken und strecken. Selbst die Wirbelsäule entspannte sich leidlich. Ich nahm noch einen zweiten Schluck, und den fand ich schon nicht mehr so schlimm.

Der Professor gab mir mit einem Wink zu verstehen, ich solle ruhig weitertrinken, das ginge schon in Ordnung. Nach dem dritten Schluck verspürte ich eine angenehme Leichtigkeit. Der vierte gab mir meine Zuversicht wieder.

Als ich ihm die Flasche zurückgab, sagte mein Gegenüber lachend:

»Da ist Gabiko drin. Das ist eine Abkürzung für ganz billiger Korn. Macht schön warm, oder?«

Ich stimmte begeistert zu.

Irgendwo aus den Tiefen meines Gedächtnisses hörte ich eine warnende Stimme, die mir zurief: Probiere nie von den vorrevolutionären Rauschmitteln! Es war die Stimme des Psychologen, der mir vor Antritt meiner Zeitreise die Vorschriften immer und immer wieder eingebläut hatte. Aber die Rufe waren sehr leise, und aus irgendeinem Grund fand ich den todernsten Tonfall des Seelenklempners maßlos übertrieben.

»Ey, warum nennt man Sie Professor, boh ey?«, fragte ich meinen neuen Bekannten und war amüsiert darüber, wie proletenhaft ich mich tatsächlich anhörte mit all den Eys und Bohs, die ich lallend von mir gab.

»Weil ich die meiste Zeit auf dem Campus der hiesigen Universität verweile. Vor ein paar Jahren war mir Fortuna hold, als zwei Uni-Sheriffs mich an meinem Broterwerb, nämlich dem Recycling von Leergut, hindern wollten. Sie gaben mir zu verstehen, ich sollte mich hurtig vom Acker machen, andernfalls würden sie mir tüchtig in den Arsch treten. Du kannst es nicht wissen, Hannes, wir lernen uns ja gerade erst kennen, aber der Professor ist keiner, der sein ureigenes Recht auf Existenz so mir nichts, dir nichts herschenkt. Nach einem kurzen, aber deutlichen Wortgefecht wussten die beiden Sheriffs sehr genau, was sie in meinen Augen waren und dass sie sich besser selbst in die Ärsche treten sollten, bevor ich mich bemühen würde, es für sie zu tun. Unnötig zu erwähnen, dass ich mein Vorhaben nicht in die Tat umzusetzen vermochte. Mit geübten Griffen packten sie mich am Schlafittchen und beförderten mich vom Campus. Nun aber begab sich just in diesem Moment die glückliche Fügung einer Koinzidenz. In meinem Falle war das die Beendigung der Vorlesungen in der sozialpädagogischen Fakultät. Als die Studenten aus den Hörsälen geströmt kamen, fing ich sofort an zu lamentieren und bat lautstark, man möge mir doch meine Freiheit lassen, schließlich hätte ich nichts verbrochen, außer den Müll der privilegierten Studentenschaft nach Leergut zu erkunden, um so meinen bescheidenen Unterhalt decken zu können. Dabei strampelte ich mit den Beinen und fuchtelte mit den Armen, als wenn ich in Flammen stünde. Die Studenten bekamen das natürlich mit, das war ja der Sinn meiner Charade, und bekundeten ihre spontane Anteilnahme, indem sie die Sheriffs als Bullenschweine und Lakaien des imperialistischen Systems beschimpften. Es wäre sogar beinahe zu Handgreiflichkeiten gekommen, aber die Obrigkeit beschloss in ihrer Weisheit, klein beizugeben und mich wieder in die Freiheit zu entlassen. Dank dieser glücklichen Fügung des Schicksals kann ich mich seither auf dem Campus bewegen, wie es mich gelüstet. Keiner wagt es mehr, mich fortzujagen. Und die Studenten, sie geben mir zwar kein Geld, das sei unter meiner Würde, sagen sie, aber dafür sammeln sie ihr Leergut für mich. Ich muss es nur abholen. Nun, deshalb nennt man mich den Professor. Deshalb und weil ich immer so geschwollen daherquatsche.«

»Boh ey! Das ist eine tolle Geschichte«, erwiderte ich und meinte es ehrlich.

In meinem Kopf drehte sich alles. Mein Geist erlebte eine ungeahnte Leichtigkeit. Alles, was ich tat, geschah wie in Zeitlupe und als wenn ein anderer und nicht ich selbst es tun würde. Ich lehnte mich gegen den Gedenkstein, weil mir das freie Stehen nicht mehr recht gelingen wollte, und lauschte den Worten des Professors. Dabei war mein Verstand so klar, dass mir auffiel, dass er kein einziges Mal »Ey« oder »Boh ey« gesagt hatte. Offensichtlich trafen die Informationen über den Sprachhabitus im Ruhrgebiet zu Beginn des 21. Jahrhunderts nicht auf alle Bewohner zu. Das leichte Absacken in den Knien und die ganzen anderen körperlichen Mängel, die ich an mir feststellte, wie unkontrollierte Gesichtszüge oder unscharfer Blick verursacht durch den Verzehr von Gabiko, wurden allem Anschein nach durch einen geschärften Verstand ausgeglichen. Und was hätte ich in meiner Situation besser gebrauchen können als einen messerscharfen Verstand?

Meine neue Waffe funktionierte aber nur in Ansätzen wirklich gut. Das Umsetzen meiner genialen Gedanken in reale Taten erforderte schon einige Übung. Diese Erfahrung machte ich, als ich versuchte, den Professor zu umschmeicheln, um ihn zu meinem Verbündeten zu machen, und dabei aus Versehen in meinen eigenen Sprachhabitus verfiel:

»Mit Skepsisfaktor Zero Professor, ihre Geschichte hat kubische Dimensionen. Und sie kommunizieren kein bisschen geschwollen, wenn sie damit meinen, was ich glaube, was sie meinen. Ich finde nur, bitte, ich will keinen Datenwirrwarr verursachen, aber ich meine nur, dass wenn, oder besser gesagt, sollten sie … oh heiliges String, jetzt habe ich vergessen, was ich sagen wollte.«

»Das ist der Gabiko«, klärte er mich auf. »Du trinkst nicht häufig Alkohol, oder?«

»Positiv«, gestand ich. »Eigentlich nie.«

Er sah mich abschätzend an. Offensichtlich versuchte er, sich einen Reim auf meine Erscheinung zu machen. Dann nahm er einen großen Schluck Gabiko, nickte wissend und sagte:

»Du bist gehörig unter die Räder gekommen, Hans Meier. Das passiert des Nachts nicht selten. Besonders hier oben im Essener Norden. Und was für komisches Zeug du von dir gibst. Skepsisfaktor Zero? Komm, Hannes, wir kassieren das Pfand für meine Dosen, dann spendier ich dir einen Kaffee bei Paula. Trinkt ihr Kaffee, da wo du herkommst?«

Ich zuckte mit den Schultern und torkelte gleichgültig seinem scheppernden Einkaufswagen hinterher, in dem die leeren Dosen wild durcheinanderkegelten. Obwohl ich meistens auf den Boden sah, der immer, bevor ich einen Fuß auf ihn setzen konnte, zur Seite zuckte, was mein Torkeln erklärte, nahm ich dennoch die Umgebung mit einiger Genugtuung wahr. Ich las Straßenschilder, auf denen Welkerhude, Walkmühlenstraße und schließlich Vogelheimer Straße stand. Die Häuserzeilen mit ihren gardinenbehängten Fenstern, die Bürgersteige mit dem Dreck in den Rinnsteinen, die Autos, diese stinkenden, uneffizienten Fortbewegungsmittel, und die lustigen Straßenlaternen, von denen eine einzige mehr Energie verbraucht als eine Reise zum Mars. Alles sah genauso aus wie in den Geschichtsbüchern, nur das hier war echt, keine Computerholographie. Ich torkelte durch die morgendlichen Straßen des vorrevolutionären Vogelheim und lächelte verständnisvoll beim Anblick der lebendigen Relikte. Es war wie ein Traum. Erst als wir Paulas Kiosk erreichten, erwachte ich.

In der Zeitung auf dem Tresen stand es deutlich geschrieben. Neben dem Schriftzug »BILD« und über der Schlagzeile: »Hartz-IV-Empfänger verhungert« las ich es schwarz auf weiß: »21.10.2009«! Ich konnte es kaum glauben. Keine achtzehn Monate mehr bis zum Ausbruch der Weltrevolution, und ich war eindeutig in der Nähe des Ortes, an dem es geschehen würde. Ich war der 19. Versuch, dieses Datum zu treffen. 18 vor mir waren gescheitert. Ich war so aufgeregt, dass ich glatt vergaß, wie es um meine Mission stand, so ganz ohne Geld und ohne Transporter.

»Wo ist das Haus Mehring?«, fragte ich den Professor.

Er zeigte schräg über die Straße.

Ich lief los, so schnell es meine wackeligen Knie erlaubten. Nur knapp verfehlte mich ein rotes Auto, als ich blindlings die Vogelheimer Straße überquerte. Der Professor rief mit etwas hinterher, was ich nicht verstehen konnte, weil der Fahrer des roten Autos hupte und mir aus dem offenen Fenster heraus etwas zuschrie, das ich nicht verstand, das sich aber überhaupt nicht freundlich anhörte. Ich hatte nur Augen für das mit Efeu bewachsene Haus. Da war er, der Ort, an dem alles beginnen würde. Bei einem Luftangriff im Jahre 2018 zerstört und in ferner Zukunft als begehbare Holographie rekonstruiert. Ein Ausflugsort für Schulklassen. Ich war so nahe dran wie nie jemand zuvor aus der Zukunft.

Der Professor kam hinter mir her, stellte sich neben mich und reichte mir einen dampfenden Pappbecher. Er folgte meinem Blick. Nach einer Weile sagte er:

»Eine ausgezeichnete Lokalität, dieses Haus Mehring. Leider sind Leute wie wir dort nicht gern gesehen. Aber ich bin selten irgendwo so höflich hinauskomplimentiert worden wie aus dem Haus Mehring. Das zeugt von hoher Kultiviertheit, sagen die Studenten. Den Grad der Kultiviertheit einer Gesellschaft kann man daran ablesen, wie sie moralisch mit ihren Ärmsten umgeht, sagen die Studenten. In der Kneipe da drüben haben sie verstanden, was damit gemeint ist. Sehr kultivierter Laden. Nachts wird da ordentlich gezockt.«

Wie ein Blitzschlag trafen mich seine letzten Worte. Der Türke war hier gewesen. Er hatte sein Geld hier verzockt. Danach war er auf seinem Heimweg über mich gestolpert, weil ich aus der Quantendimension direkt vor seine Füße geschleudert worden war. Er hatte die Gelegenheit genutzt und mir das Geld und den Transporter gestohlen. Vielleicht war ja doch noch nicht alles verloren. Wenn ich nur irgendwie den Transporter wiederbekommen könnte. Meine einzige Chance auf Rückkehr in meine Zeit bestand darin, den Türken zu finden.

»Kennst du einen Türken?«, fragte ich den Professor.

»Soll das ein Scherz sein? Mein Freund, wir sind hier im Ruhrgebiet. Hier ist es gar nicht möglich, keinen Türken zu kennen. Das Gleiche gilt für Polen, Russen, Griechen, Italiener, Spanier, Afrikaner, Asiaten und – da bin ich mir sicher – auch den einen oder anderen Außerirdischen«, antwortete der Professor und sah mich dabei komisch aus den Augenwinkeln heraus an.

»Mein Türke hat tätowierte Arme und trägt sehr viel Goldschmuck.«

»Na prima! Soll ich mal wild drauflos raten? Er trug weiße Cowboystiefel, eine teure Designerjeans, vermutlich ein Imitat, aber auf jeden Fall keine Levi's oder dergleichen billiges Zeug. Ich würde auf ein Hemd von Dolce und Gabana tippen, natürlich auch ein Imi…«

»Das ist es«, rief ich dazwischen, »das hat er gesagt! Dolce und Gabana! Ich erinnere mich genau. Aber es war seine Jacke, nicht sein Hemd. Kennst du ihn?

»Hannes, so sieht hier jeder zweite Türke aus. Die haben schon Stil, die Türken, das muss man neidlos anerkennen. Nur leider alle denselben.«

»Aber sie zocken nicht alle, oder?«

»Nein. Das nicht. Die Türken lieben zwar das Spiel, aber nur wenige verfallen dem Spielteufel. Dafür sind eher wir Deutschen prädestiniert. Das ist statistisch belegt, sagen die Studenten.«

»Wann wird im Haus Mehring wieder gezockt?«

»Soviel ich weiß, jeden Abend.«

Seitdem wache ich Abend für Abend im Haus Mehring, beobachte, belausche, studiere die Menschen und deren Verhalten und warte, warte auf den Türken, der meinen Transporter am Finger trägt. Tagsüber verbringe ich die Zeit mit dem Professor. Er hat mich gelehrt, wie man auf der Straße möglichst unauffällig überlebt und wie man den Fängen der Obrigkeit entgeht. Dazu gehört, dass ich meine Sprache den zeitlichen Gewohnheiten anpasste und dass ich schnorren lernte. Das ein ums andere Mal halfen mir bei polizeilichen Routinekontrollen auch die gefälschten Ausweise, die mir der Türke bei dem Überfall gelassen hatte. Nicht ein einziges Mal bin ich verhaftet worden. Ich tauche in keinem Register auf und passe in kein Raster. Ich existiere offiziell in dieser Zeit nicht. Und außer zum Professor hatte ich zu niemandem Kontakt. Trotz meiner Misere habe ich meine Tarnung die ganze Zeit über aufrechterhalten. Ich war bemüht, nicht ins Zeitgeschehen einzugreifen, was mir auch recht gut gelungen war, da ich sowieso keine richtige Gelegenheit dazu gehabt habe. Ich wartete geduldig auf den Türken, ohne die oberste Direktive zu verletzen.

Zum Glück bin ich, obwohl der Winter ohne Obdach hart war, nicht ernsthaft erkrankt, was der Professor einzig dem Gabiko zuschreibt, seinem Allheilmittel gegen jede denkbare Infektion. Ich habe fast fünf Monate auf der Straße überwintert, habe einen nasskalten, unfreundlichen Ruhrpott erlebt und habe die Angst vor desillusionierten Jugendlichen gespürt, die, um sich abzureagieren, gerne Pennerklatschen spielen, wie diese Nachwuchsproleten das Verprügeln von Obdachlosen bezeichnen. Auch habe ich die Rituale des vorrevolutionären Weihnachten gesehen, mit all den Lichtern in der Stadt und den Gerüchen in der Luft, und ich habe die Großzügigkeit der Menschen in diesen Tagen kennengelernt. Ich mochte die Weihnachtsmärkte, auf denen der Glühwein in Strömen floss. Er ist zwar nicht so heilsam wie Gabiko, aber schön warm macht er auch. Und die Leute spendierten ihn mir, einfach so, und wenn ich leidend genug, aber dennoch harmlos auf sie wirkte, steckten sie mir noch ein paar Euro zu.

Von dem Geld, das man mir schenkte, und dem Geld, das ich durch Sammeln von Leergut erwarb, gab ich die eine Hälfte für Gabiko aus, die andere Hälfte im Haus Mehring. Ich aß nicht viel in diesen Monaten. Zu Anfang schaffte ich es noch, einmal die Woche in die städtische Badeanstalt zu gehen. Aber nach Weihnachten wurde das Geld immer knapper, und der wärmende Gabiko schien mir wichtiger, als zwei Euro fürs Duschen zu bezahlen.

Dann kam der Jahreswechsel, und Albert, der Wirt des Hauses Mehring, sagte mir, dass zu Silvester eine geschlossene Gesellschaft bei ihm stattfinde und ich nicht eingeladen sei, selbst wenn ich die 80 Euro Eintritt aufbringen könnte. Überhaupt, so sein Rat, solle ich schnellstens meine Erscheinung in Ordnung bringen, sonst bräuchte ich mich bei ihm gar nicht mehr blicken zu lassen. Denn für Penner sei in seiner Kneipe kein Platz.

Den leichten Anflug von Panik, den seine Worte in mir auslösten, bekämpfte ich mit einem großen Schluck Gabiko, von dem ich immer eine Flasche in der Manteltasche habe. Widerwillig bezog ich vor der Kneipe Stellung.

Die Silvesternacht war eisig. Dick eingehüllt in allem an Kleidung, was ich besaß, hockte ich auf den Stufen eines Hauseingangs gegenüber von Haus Mehring und beobachtete die Eingangstür. Die Rollläden waren heruntergelassen, so dass ich nicht in die Kneipe hineinschauen konnte, aber die Geräuschkulisse ließ auf eine wilde Party da drinnen schließen. Die Vogelheimer Straße hingegen war leergefegt. Gleich aus mehreren Fenstern dröhnten Schlagermusik und laute Stimmen. Überall feierten die Menschen, nur ich saß allein in der Kälte und fühlte mich so einsam, wie sich nur einer fühlen kann, der nicht existiert. Ohne den Gabiko hätte ich bestimmt resigniert, aber der Alkohol dämpfte meine aufkeimende Verzweiflung, und das, obwohl auch in der Silvesternacht von dem Türken weit und breit nichts zu sehen war. Der Professor hat völlig recht, wenn er behauptet, dass Schnaps zwar keine Probleme löst, sie aber im erträglichen Rahmen hält.

Um Punkt Mitternacht läuteten die Glocken, und nur ein paar Minuten später war die ganze Vogelheimer Straße voller Besoffener. Sie prosteten sich zu, wünschten sich Glück und Gesundheit für das neue Jahr, umarmten sich, küssten sich und feuerten Raketen ab – zunächst gen Himmel, später aufeinander. Eine Gruppe junger Männer entdeckte mich, wie ich unbeteiligt auf den Stufen hockte und mir das Treiben anguckte. Sie kamen johlend auf mich zu, wünschten mir ein frohes neues Jahr und machten mich mit etwas bekannt, das sie Tequila nannten.

Bis dahin war ich ein gehorsamer Zeitreisender gewesen. Ich hatte mich bedeckt gehalten und war verschwiegen geblieben. Selbst dem Professor gegenüber hatte ich Zeitreisen nie erwähnt. Allerdings hat er mich einmal gefragt, vom welchem Planeten ich eigentlich käme. Er glaubt fest daran, dass die Erde von Außerirdischen infiltriert ist. Aber das sei kein Grund zur Sorge, sagt er, weil er von den Studenten wisse, dass alle Extraterrestrischen in friedlicher Absicht kämen. Ich versicherte ihm zwar, ich sei von der Erde, aber er erwiderte nur:

»Das sagen sie alle!«

Nun aber kam Tequila ins Spiel. Nach dem dritten Gläschen verspürte ich eine mir bis dahin völlig unbekannte Gelöstheit. Nach dem vierten verbrüderte ich mich mit den jungen Männern, die um mich herumstanden und mich johlend aufforderten, mehr und immer mehr zu trinken. Sie nahmen mich trotz Alberts böser Blicke mit ins Haus Mehring, wo sie mich weiter mit Tequila abfüllten. Wir sangen und tranken und lachten und tranken und tanzten und johlten, und zwischendurch führte ich sogar eine Polonaise an. Das Letzte, woran ich mich erinnere, bin ich, der in dreckigen Unterhosen auf dem Billardtisch den Ententanz vorführt und dabei eine Flasche Tequila auf dem Kopf balanciert. Als die Musik endete, verbeugte ich mich vor meinem Publikum, bat um Ruhe und erzähle allen von den rosigen Zeiten, die dereinst kommen würden, und dass all dies genau hier im Haus Mehring seinen Ursprung nähme.

Das alles ist jetzt fünf Monate her.

Seitdem verletze ich die oberste Direktive am laufenden Band. Ganz ehrlich, die oberste Direktive ist mir inzwischen scheißegal. Wenn ich eines Tages wieder nüchtern werden sollte, wird mein schlechtes Gewissen ganz sicher riesengroß sein. Aber ich habe nicht vor, wieder nüchtern zu werden. Und so lange ich nette Menschen treffe, die mir Tequila kaufen, wenn ich ihnen meine Geschichte erzähle, wird das auch nicht geschehen. Ob der Türke hier je wieder auftaucht oder nicht, ist mir inzwischen auch scheißegal. Ich trinke auf die Revolution, die in etwas mehr als einem Jahr genau hier an dieser Stelle beginnen wird. Ich werde mittendrin sein, so viel steht fest.

Die youtube-Aufzeichnung endet mit dem Bild, wie *f*48 ein letztes Glas leert und sich mit dem dreckigen Ärmel seines zerrissenen Mantels über den Mund fährt.

Als das Video, das das Scheitern von *f*48 zeigt, in der Zukunft publik wurde, ging eine Welle des Mitleids um den Globus. Der Anblick seines erbärmlichen körperlichen Zustandes und seiner leeren Augen, die auf eine völlige geistige Umnachtung schließen lassen, traf die gesamte Menschheit mitten ins Herz. Es war für alle eine Frage der Humanität, dass er aus seiner Misere errettet werden sollte. Zumal der Transporter sowieso geborgen werden musste; denn so ein brisantes Relikt durfte auf keinen Fall zurückgelassen werden.

Im Gegensatz zu der Schwierigkeit, einen Zeitreisenden exakt in eine bestimmte Zeit zu schicken, ist seine Verfolgung in der Zeit ein Kinderspiel. Jede Zeitreise verursacht Verwirbelungen im Raum-Zeit-Kontinuum. Diese Verwirbelungen bilden eine Art Zeittunnel zwischen dem Transporter in der Vergangenheit und dem Beschleuniger in der Gegenwart, durch den er problemlos geortet werden kann. Unter Berücksichtigung der inzwischen auf allen Dimensionen abgelaufenen Zeit würde der Transporter des Zeitreisenden *f*48 frühestens am 30. Mai 2010 um 6:30 Uhr morgens erreicht werden können. Genau fünf Tage, acht Stunden und vierundzwanzig Minuten, nachdem das Video aufgezeichnet wurde. Ob der Ring noch im Besitz des kriminellen Türken war, konnte nur vermutet werden. Sicher war aber, dass der Zeittunnel immer noch direkt ins damalige Ruhrgebiet führte.

Um das Risiko eines Fehlschlags zu minimieren, wurde ein Mensch auf diese Mission geschickt, der genetisch am ehesten zu skrupellosem Verhalten fähig ist. Es bedurfte einer Person, die gewaltbereit und berechnend vorgeht. Denn sollte der Türke den Ring nicht freiwillig hergeben wollen, müsste er ihm abgenommen werden, notfalls mit Gewalt. Solch prähistorische Verhaltensmuster treten in der Zukunft, wenn überhaupt, nur noch vereinzelt bei Frauen in den Wechseljahren auf. Die hormonelle Umstellung des weiblichen Geschlechts ist eine derart komplizierte Angelegenheit, dass selbst mit Hilfe der Chaos-Theorie keine medizinische Antwort auf das unvermeidbare Durchdrehen von Frauen in einem gewissen Alter gefunden werden konnte. Deshalb gehen sie auch für die erste Zeit nach ihrer Menopause in Quarantäne. Erst wenn sie von einem ausschließlich weiblichen

Expertenteam als ungefährlich für die Gesellschaft eingestuft werden, dürfen sie zurück in ihre Sozietät.

Es war leicht, eine geeignete Kandidatin auszuwählen. Nach Analyse der Quarantäneberichte blieb schnell nur eine Handvoll in Frage kommender Frauen für diese Mission übrig. Nur die, deren Hormone besonders verrückt spielten, aber die dennoch in der Lage waren, zielstrebig zu agieren, kamen in die engere Auswahl. Der Rest war nur noch Ausschluss von unpassenden oder für die Mission bedenklichen Attributen wie Alter, Rasse, Sprache und dergleichen. So wurde im Eilverfahren eine Kandidatin ausgewählt, die, als erste Frau überhaupt, in der Zeit reisen sollte. Nur einige wenige der Terrestrischen Konsultanten waren mit der Wahl nicht einverstanden. Sie mahnten laut, dass Frauen in den Wechseljahren eben nicht nur berechnend und gewaltbereit seien, sondern obendrein geschwätzig. Sie erinnerten daran, dass genau aus diesem Grund bisher keine Frau transportiert worden sei. Aber die absolute Notwendigkeit, den Transporter zu bergen, rechtfertigte am Ende die Gefahr einer erneuten Verletzung der obersten Direktive, und die warnenden Rufer verstummten.

Dabei war die Aufgabe selbst für eine Frau im Klimakterium schwierig. Der Türke würde ihr sicher kaum Probleme bereiten. Sie würde den Ring fordern, und wenn er sich weigern sollte, würde sie wütend werden, was dem Türken dann mindestens einen Finger kostete. Aber die Inbesitznahme des Transporters war nur der einfache Teil der Mission. Der wirklich schwere Teil begann erst danach. Der arme in der Vergangenheit dahinvegetierende Hans Meier hatte zu viele Spuren hinterlassen, um ihn einfach evakuieren zu können. Sein plötzliches Verschwinden hätte einer Menge Leuten dort merkwürdig erscheinen können, vor allem unter Berücksichtigung all dessen, was er ihnen erzählt hatte. Ihn, den harmlos-wehrlosen alten Mann, zu ermorden, dazu muss man unbeherrscht und gnadenlos sein – so unbeherrscht und gnadenlos wie eine Frau in den Wechseljahren.

Viele Generationen vor seiner Geburt starb Hans Meier am späten Abend des 30. Mai 2010 einen gewaltsamen Tod. Seine Mörderin nahm seinen Platz in der Zeit ein.

Während ich der Geschichte lauschte, hatte ich nur einen Gedanken: Hoffentlich würde sich die Zahl der Wahren Chronisten danach nicht auf acht erhöhen. Noch eine abgeschnittene Zunge – das müsste doch nicht sein. Aber wer sollte so einen Quatsch glauben? Start der Weltrevolution in Vogelheim – sonst noch was? Ich sah echt schwarz für den Anwärter.

Die sieben Chronisten verharrten allesamt im Schneidersitz. Keiner rührte sich auch nur einen Millimeter. Bestimmt eine halbe Minute lang. Und der Anwärter stand die ganze Zeit vor ihnen. Auch er ohne irgendeine Bewegung. Plötzlich und ohne Vorwarnung riss er an den Druckknöpfen seiner Öljacke und ließ den Friesennerz in einer fließenden Bewegung auf den Boden gleiten. Unter den Chronisten breitete sich nervöses Gemurmel aus, das auf- und abklang, schließlich wieder verstummte.

Die Person, die sich den Friesennerz vom Leib gerissen hatte, war eine Frau. Sie trug ein schickes Kostüm, das blau oder grün oder vielleicht auch dunkelrot war, so genau konnte ich das in dem schwachen Licht des Feuers nicht erkennen. Es war eine adrette Frau um die fünfzig, mit hochgesteckten Haaren und toller Figur. Nur die klobigen Herrenschuhe passten nicht zu ihrer Erscheinung. Aber mit hochhackigen Pumps wäre sie auch nie hinunter in den Hohlraum gelangt, ohne sich dabei die Gräten zu brechen. Sie lächelte in die Runde. Ich glaubte, in ihren Augen ein seltsames Funkeln aufblitzen zu sehen. Einmal, zweimal, dreimal. Ihren Gesichtsausdruck werde ich nie vergessen. Arrogant, siegessicher, ja überheblich. Sie streckte ihren rechten Arm aus, hatte die Faust geballt – dann öffnete sie die Hand, begann sich langsam um die eigene Achse zu drehen und zeigte jedem einzelnen Chronisten, was sie darin verborgen hatte. Ich konnte es erst sehen, nachdem sie die Umdrehung vollendet hatte. Es war ein abgeschnittener Finger, mit einem schweren Ring daran.

Die Frau schloss ihre Faust wieder und sagte dann mit einer ordentlichen Portion Stolz in der Stimme:

»Dieser Finger gehörte dem Türken, der den Transporter von *f*48 gestohlen hat. Er wollte ihn mir nicht freiwillig geben, also musste ich grob werden. Eigentlich soll ich hier ja auf die Weltrevolution warten, aber ganz ehrlich, mir gefällt es hier nicht. Eure Zeit stinkt und ist dreckig. Zwar finde ich eure raue vorrevolutionäre Art toll, weil ich hier selbst auf Stufe Rot im Klimakterium – was nichts anderes bedeutet, als dass meine Persönlichkeit völlig instabil ist – nicht sonderlich auffalle. Aber ich will doch lieber wieder zurück in meine kuschelige Quarantäne. Und ihr Heinzelmännchen, ihr seid meine Rückfahrkarte. Wenn ich mit euch im Gepäck zurück in meine Zeit reise, wird es mir keiner übel nehmen, dass ich die Mission abgebrochen habe. Eure gesammelten Geschichten werden dort für Furore sorgen. Bisher wussten wir nichts über eure Existenz. Mann, ihr seid wirklich ein verdammt geheimer Geheimbund. Also auf geht's!«

Die Frau öffnete wieder ihre Hand, und das, was jetzt folgte, passierte so schnell, dass ich die Reihenfolge nicht ganz genau mitbekam. Ich glaube, sie drehte zuerst an dem Ring am abgeschnittenen Finger und dann an dem, den sie am eigenen Finger trug. Es kann aber auch andersherum gewesen sein.

Da war kein Geräusch, nur ein stetig heller werdendes Licht, das aus den beiden Ringen erstrahlte. Im Nu wurde es so hell, dass ich mich wegdrehen musste, weil ich befürchtete, sonst blind zu werden. Im selben Moment gab es eine Art Lichtexplosion, wie bei einer riesigen Feuerwerksrakete. Als wenn ein großer Staubsauger das ausströmende Licht wieder aufsaugen würde, verschwand es binnen einer Sekunde und es herrschte wieder stockfinstre Nacht. Ich hörte so etwas wie ein sanftes »Plopp«, als wenn eine Seifenblase platzt, aber es kann auch sein, dass ich mir das nur eingebildet habe.

Alles war wie vorher, nur wirklicher, so, als hätte jemand einen Schleier von meinen Augen genommen. Unter mir strömte das Hochwasser des Rhein-Herne-Kanals und über mir funkelten die Sterne des Ruhrgebietshimmels. Kurz hinter der Autobahnbrücke begann es bereits, hell zu werden. Ich blieb noch eine Weile auf der Treppe an der Zweigertbrücke sitzen. Ich blickte Richtung Oberhausen in die Ferne und nicht in den Hohlraum hinunter; ich wusste, was ich dort vorfinden würde.

Der Verkehr auf der Zweigertbrücke nahm zu, und schon bald fuhren über mir die ersten Straßenbahnen. Der Berufsverkehr kam langsam ins Rollen, und die

Pendler zwischen den Welten Karnap und Altenessen machten sich auf den Weg zur Arbeit. Mit den ersten warmen Sonnenstrahlen kam wieder Leben in meine müden Knochen. Ich musste husten und drehte mich um. Bei der Gelegenheit warf ich einen Blick in den Hohlraum. Er war menschenleer. Nur das Feuer glimmte noch schwach. Ich war allein. Die Chronisten, die Anwärter, die Frau aus der Zukunft – sie alle befanden sich vielleicht immer noch im Hier, aber nicht mehr im Jetzt.

Auf meinem Weg nach oben auf die Zweigertbrücke musste ich mehrere Pausen einlegen, weil mich Hustenanfälle plagten. Die Nacht hatte deutliche Spuren bei mir hinterlassen, körperlich wie seelisch.

Als ich mein Haus sehen konnte, in dem Wärme und Nahrung auf mich warteten, kreisten meine Gedanken nicht um die Wünsche meines Körpers. Mein einziger Gedanke war: Schreib bloß alles schnell auf, was du unter der Zweigertbrücke gesehen und gehört hast, bevor dich diese verdammte Lungenentzündung dahinrafft, die du dir ganz sicher in dieser nasskalten Nacht am Rhein-Herne-Kanal eingefangen hast.

Inhalt